CARAMBAIA

18

Jacques Roumain

Senhores do orvalho

Tradução
Monica Stahel

Posfácio
Eurídice Figueiredo

CAPÍTULO I
7

CAPÍTULO II
21

CAPÍTULO III
41

CAPÍTULO IV
53

CAPÍTULO V
63

CAPÍTULO VI
75

CAPÍTULO VII
85

CAPÍTULO VIII
91

CAPÍTULO IX
103

CAPÍTULO X
113

CAPÍTULO XI
127

CAPÍTULO XII
135

CAPÍTULO XIII
151

CAPÍTULO XIV
177

O FIM E O COMEÇO
183

POSFÁCIO
Eurídice Figueiredo
191

I

– Todos nós vamos morrer... – e ela mergulha a mão na poeira: a velha Délira Délivrance diz: todos nós vamos morrer: os animais, as plantas, os cristãos vivos, ó Jesus Maria Virgem Santa; e a poeira escorre entre seus dedos. A mesma poeira que o vento faz baixar com um sopro seco sobre a plantação de painço devastada, sobre a alta barreira de cactos corroídos pelo azinhavre, sobre as árvores, aquelas algarobas cor de ferrugem.

A poeira sobe da estrada, e a velha Délira está acocorada diante de sua choupana, ela não levanta os olhos, meneia a cabeça lentamente, seu lenço deslizou para o lado e vê-se uma mecha de cabelo cinzenta que parece salpicada da mesma poeira que escorre entre seus dedos como um rosário de miséria; então ela repete: todos nós vamos morrer e chama o bom Deus. Mas é inútil, pois há tantas pobres criaturas que clamam pelo bom Deus com toda a força que o barulho é enorme e incômodo, e o bom Deus ouve e grita: que barulho infernal é esse? E ele tapa os ouvidos. É a verdade e o homem está abandonado.

Bienaimé, o marido, fuma seu cachimbo, na cadeira encostada no tronco de uma cabaceira. A fumaça ou sua barba algodoada voa ao vento.

– Sim – diz ele –, verdade, o negro é uma pobre criatura.

Délira parece não ouvir.

Um bando de corvos baixa sobre os cactos-candelabros. Seu grasnado rouco rasca o entendimento, depois deixam-se cair em revoada no campo calcinado, como pedaços de carvão dispersos.

Bienaimé chama: Délira? Délira, ô!

Ela não responde.

– Mulher – ele grita.

Ela levanta a cabeça.

Bienaimé brande o cachimbo como um ponto de interrogação:

– O Senhor é o criador, não é verdade? Responde: o Senhor é o criador do céu e da terra, não é verdade? Ela faz que sim; mas de má vontade.

– Pois bem, a terra está em dor, a terra está na miséria, então o Senhor é o criador da dor, é o criador da miséria.

Ele dá curtas tragadas triunfantes e lança um longo jato sibilante de saliva.

Délira lança para ele um olhar cheio de raiva:

– Não me atormenta, maldito. Será que já não chega a minha aflição? A miséria eu conheço. Meu corpo todo está doendo, meu corpo todo está parindo a miséria, eu mesma. Ninguém precisa me contar a maldição do céu e do inferno.

Depois com enorme tristeza, e os olhos cheios de lágrimas, ela diz baixinho:

– Ó Bienaimé, *nègre à mou*[1]...

Bienaimé tosse violentamente. Talvez quisesse dizer alguma coisa. A desgraça transtorna como a bile, sobe para a boca e então as palavras ficam amargas.

Délira se levanta com dificuldade. É como se fizesse um esforço para recompor o corpo. Todas as tribulações da existência amarfanharam seu rosto negro, como um livro aberto na página da miséria. Mas há nos seus olhos uma luz de manancial e por isso Bienaimé desvia o olhar.

Ela deu alguns passos e entrou na choupana.

Além das algarobas, um vapor se eleva onde se perde, num desenho borrado, a linha meio apagada dos morros longínquos. O céu não tem uma fissura. Não é mais que uma placa metálica ardente.

Atrás da casa, a colina arredondada parece uma cabeça

---

1 Em crioulo no original: "Negro meu". [TODAS AS NOTAS SÃO DESTA EDIÇÃO.]

de negra com cabelos de grãos de pimenta: mato ralo em tufos espaçados, rente ao chão; mais longe, como um ombro escuro contra o céu, outro morro se ergue percorrido por sulcos cintilantes: as erosões desnudaram longas carreiras de rochas: sangraram a terra até o osso.

Certamente fizeram mal em desmatar. Quando o finado Josaphat Jean-Joseph, pai de Bienaimé, ainda era vivo, as árvores lá no alto eram densas. Incendiaram a mata para fazer plantações de víveres: plantaram ervilha-do-congo na planura, milho na encosta.

Trabalharam arduamente, negros persistentes, trabalhadores da terra que sabem que não levarão um pedaço à boca se não o tiverem extraído do solo com um duro labor. E a terra tinha respondido: é como uma mulher que primeiro se debate, mas a força do homem é a justiça, então ela diz: pode gozar...

Na época, viviam todos em harmonia, unidos como os dedos da mão, e o *coumbite*[2] reunia a vizinhança para a colheita e o arado.

Bienaimé se levanta, caminha com passos vacilantes para o campo. Um mato seco como estopa invadiu o canal. Há muito tempo as hastes dos juncos se abateram, misturando-se à terra. O fundo do canal está gretado como porcelana velha, esverdeado pelas matérias vegetais apodrecidas. Antes, a água corria livre por ele, ao sol: seu murmúrio e sua luz compunham um doce riso de facões. O painço crescia denso, impedia que da estrada se avistasse a choupana.

"Ah, os *coumbites*", devaneia Bienaimé... Desde cedinho, ele estava ali, sério chefe de brigada, com seus homens, todos camponeses de muita coragem: Dufontaine, Beauséjour, primo Aristhène, Pierrilis, Dieudonné, cunhado

---

2 Modo de organização do trabalho rural coletivo, próprio do Haiti.

Mérilien, Fortuné Jean, compadre Boirond, o *simidor*[3] Antoine: negro com habilidade para cantar, capaz de agitar com sua língua mais malícias do que dez comadres juntas, mas sem maldade, só por diversão, palavra de honra.

Entravam no capim-guiné! (Os pés descalços no orvalho, o céu pálido, o frescor, o carrilhão de galinhas-d'angola selvagens ao longe...) Pouco a pouco, as árvores escurecidas, com a folhagem ainda carregada de farrapos de sombra, retomavam suas cores. Um óleo de luz as banhava. Um véu de nuvens cor de enxofre cingia os cumes dos morros altos. A terra emergia do sono. No quintal de Rosanna, o tamarineiro lançava de repente, como um punhado de seixos, um turbilhão estridente de gralhas.

Casamajor Beaubrun, sua mulher Rosanna e seus dois filhos os cumprimentavam. Diziam: irmãos, obrigado, sim; questão de polidez, porque serviço se presta de boa vontade; hoje lavro seu campo, amanhã você lavra o meu. A ajuda mútua é a amizade dos infelizes, não é?

Um instante depois, chegavam por sua vez Siméon e Dorisca, com uns vinte negros fortes.

Deixavam Rosanna com seus afazeres à sombra do tamarineiro, às voltas com seus caldeirões e os grandes recipientes de lata, dos quais já subia o balbucio volúvel da água fervendo. Délira e outras vizinhas viriam mais tarde para dar uma mão.

Os homens iam-se com a enxada nas costas. O terreno a ser limpo era na curva do caminho, protegido por uma paliçada de bambus entrecruzados. Trepadeiras de flores malva e brancas agarravam-se a ela em moitas desordenadas; nos casulos dourados dos melões-amargos abria-se uma polpa vermelha como um veludo mucoso.

---

3 Cantador que anima festas, velórios, feiras e que, nos *coumbites*, marca o ritmo do trabalho com seu canto e com o tambor.

Afastavam as estacas móveis da paliçada. Na entrada do terreno, um crânio de boi branqueava num mourão. Agora mediam a tarefa com o olhar: aquele quadrado[4] de mato enredado em plantas rasteiras. Mas a terra era boa, eles a deixavam limpa como o tampo de uma mesa recém-aplainada. Naquele ano, Beaubrun queria tentar plantar berinjelas.

— Em linha! — gritavam os chefes de brigada.

O *simidor* Antoine levava atravessada a tiracolo a correia do tambor. Bienaimé tomava o lugar de comando diante da fila de seus homens. O *simidor* fazia um prelúdio com batidas breves, depois o ritmo crepitava sob seus dedos. Com um impulso unânime, erguiam as enxadas no ar. Um raio de luz batia nas lâminas: por um segundo, eles brandiam um arco de sol.

A voz do *simidor* elevava-se rouca e forte:

— *A té...*[5]

De uma só vez, as enxadas baixavam com um baque surdo, atacando a pelagem malsã da terra.

— *Femme-la dit, mouché, pinga ou touché mouin, pinga-eh.*

Os homens avançavam enfileirados. Sentiam nos braços o canto de Antoine, as pulsações precipitadas do tambor como um sangue mais ardente.

E de repente o sol aparecia. Borbulhava como uma espuma de orvalho sobre o campo de capim. Honra e respeito, mestre sol, sol nascente. Mais terno e quente do que penugem de pintinho no dorso redondo do morro, todo azulado, por mais um instante, na frieza da madrugada. Aqueles homens negros o saúdam com um balanço das enxadas que

---

4 Antiga medida agrária equivalente a cerca de 1,30 hectare.
5 Os versos da canção do *simidor* estão em crioulo no original: "Ao chão.../ A mulher diz: senhor, cuidado para não me tocar".

arranca do céu vivas lascas de luz. E a folhagem rasgada dos pés de fruta-pão, remendada de azul, e o fogo do flamboyant por tanto tempo latente sob a cinza da noite e que, agora, explode numa fogueira de pétalas na orla das algarobas. O canto obstinado dos galos se alternava entre um terreno e outro. A fila movediça dos camponeses retomava o novo refrão num só bloco de voz:

A té
M'ap mandé qui moune
Qui en de dans caille là
Compè répond:
C'est mouin avec cousine mouin
Assez-é![6]

Brandindo as enxadas de cabo longo, coroadas de raios, e deixando-as cair com violência precisa:

Mouin en dedans déjà
En l'ai-oh!
Nan point taureau
Passé taureau
En l'ai, oh[7]

Uma circulação rítmica se estabelecia entre o coração pulsante do tambor e os movimentos dos homens: o ritmo era como um fluxo potente que os penetrava até o fundo das artérias e alimentava seus músculos com vigor renovado.

---

6 Em crioulo no original: "Ao chão/ Eu pergunto/ Quem está nessa choupana/ Compadre responde:/ Sou eu com minha prima/ Chega pra lá, ô".
7 Em crioulo no original: "Já estou aqui dentro/ Pra cima, ô/ Não há mais touro/ Do que o touro/ Pra cima, ô".

O canto enchia a manhã inundada de sol. O vento o levaria para além das colinas rumo ao planalto de Bellevue, e comadre Francilla (ela está na frente de sua choupana, debaixo do caramanchão de vinha selvagem, no meio do bater de asas e dos pios das aves para as quais joga grãos de milho), eu dizia: minha comadre Francilla se voltaria para o rumor da planície – sim, ela o faria, é a boa estação – e levantaria a cabeça para ver o céu mostrar, sem uma escama de nuvem, como uma tigela de porcelana emborcada, que não continha um pingo de chuva.

O canto tomaria o caminho dos juncos, ao longo do canal, subiria até a fonte que espreita do sovaco do morro, no cheiro forte das samambaias e dos inhames macerados na sombra e na transpiração secreta da água.

Talvez uma jovem negra da vizinhança: Irézile, Thérèse, Georgina... esteja terminando de encher suas cabaças. Quando sai da correnteza, pulseiras de frescor se desfazem em torno de suas pernas. Deposita as cabaças num cesto de vime que equilibra na cabeça. Anda pela trilha úmida. Ao longe, o tambor solta uma colmeia de sons zumbidores.

"Irei mais tarde", diz a si mesma. "Fulano vai estar lá." (É seu namorado.)

Um calor a invade, uma languidez feliz. Ela se apressa com longas pernadas, os braços balançando. Suas ancas rolam com uma doçura maravilhosa. Ela sorri.

Acima das algarobas flutuam farrapos de fumaça. Nas clareiras, os carvoeiros desentulham os montículos sob os quais a madeira verde queimou em fogo paciente.

Uma árvore é feita para viver em paz na cor do dia e em amizade com o sol, o vento, a chuva. Suas raízes se afundam na fermentação gordurosa da terra, aspirando as essências elementares, os sumos fortificantes. Parece sempre perdida num grande sonho tranquilo. A subida escura da seiva a faz gemer nas tardes quentes. É um ser vivo que conhece o correr das nuvens e pressente as tempestades, porque é cheia de ninhos de pássaros.

Estinval limpa com as costas da mão os olhos avermelhados. Da árvore mutilada, só resta o esqueleto calcinado das ramagens espalhadas na cinza: uma carga de carvão que sua mulher vai vender no povoado de La Croix-des--Bouquets.

Pena que ele não possa responder ao convite do canto, a fumaça lhe secou a garganta. Sua boca está amarga como se ele tivesse ruminado uma pasta de papel. Certamente lhe faria bem uma beberagem de canela – não, de anis, é mais refrescante, um gole longo de álcool até o fundo do estômago.

– Rosanna, querida... – ele diria.

Ela conhece sua fraqueza e rindo lhe ofereceria a medida de três dedos em leque.

Ele cospe grosso e volta a remexer o monte de terra misturada com cinza.

—

Por volta das onze horas, a mensagem do *coumbite* se enfraquecia: já não era o coro compacto das vozes apoiando o esforço dos homens; o canto hesitava, elevava-se sem força, as asas cortadas. Às vezes voltava, perfurado de silêncio, com vigor decrescente. O tambor ainda gaguejava um pouco, mas já não tinha nada de seu chamado jovial quando, ao amanhecer, o *simidor* o martelava com uma autoridade sábia.

Não era apenas a necessidade de descanso: a enxada que se tornava cada vez mais pesada para manejar, o jugo do cansaço na nuca rígida, o aquecimento do sol; é que o trabalho terminava. No entanto, mal tínhamos parado, o tempo de engolir um trago de tafiá, de relaxar os rins – no corpo é o que há de mais recalcitrante, os rins. Mas aqueles campo-neses dos morros e das planícies, por mais que os burgueses da cidade os chamassem por escárnio de negros-pé-no--chão, negros descalços, negros-dedão-do-pé (pobres de-mais para comprar sapatos), tanto pior e à merda com eles, porque, quanto à coragem no trabalho, somos perfeitos; e fiquem sabendo, um dia vamos meter nossos pés grandes de trabalhadores da terra no seu rabo, canalhas.

Tinham cumprido uma tarefa dura. Desbastaram, ali-saram, limparam a face hirsuta do campo; o mato daninho juncava o solo. Beaubrun e seus filhos o juntavam para queimá-lo. O que antes era erva inútil, espinheiros, moitas emaranhadas em cipó, voltaria como cinzas fertilizantes à terra revolvida. Beaubrun estava todo contente.

– Obrigado, vizinhos – Beaubrun repetia.

– Às ordens, vizinho – nós respondíamos. Mas depressa: não havia mais tempo para cortesias. A comida esperava. E que comida, que comilança. Rosanna não era uma negra mesquinha, era justo reconhecer. Todos aqueles que, por despeito, tinham falado mal dela: porque era uma mulher séria, que não se devia desrespeitar, uma pessoa com quem não se podia falar bobagem, faziam seu mea-culpa. É que, já na curva do caminho, um aroma vinha ao encontro de-les, saudava-os positivamente, envolvia-os, penetrava-os, abria-lhes no estômago o vazio agradável da fome.

O *simidor* Antoine, que apenas dois dias antes recebera de Rosanna, quando lhe lançara um gracejo canalha, deta-lhes de espantosa precisão sobre a libertinagem da própria mãe, suspirou com solene convicção, aspirando com as narinas dilatadas as emanações das carnes:

– Beaubrun, meu caro, sua senhora é uma bênção...

Nos caldeirões, nas caçarolas, nas escudelas, enfileira-vam-se grelhado de porco apimentado de queimar a boca, milho moído com bacalhau e, se alguém quisesse arroz, também havia: arroz misto com feijão-vermelho e carne de porco salgada. E banana, batata, inhame à vontade.

—

Bienaimé dá alguns passos e está à beira da estrada. Apoia-se nas estacas entrecruzadas da paliçada. Do outro lado, é o mesmo desalento: a poeira se levanta, rodopia em turbilhões espessos e cai sobre os cactos, a erva daninha é rala, consumida rente ao chão, como uma calva.

Antigamente nessa estação, desde a manhã o céu se punha cinzento, as nuvens se juntavam infladas de chuva, não uma chuva abundante, não, quando as nuvens vazavam como sacos cheios demais, um chuvisquinho, mas persistente com algumas aberturas de sol. Não era suficiente para encharcar a terra, mas a refrescava, preparava-a para os grandes aguaceiros, lustrava os brotos novos de milho e de painço: com ajuda do vento e da luz. Dos galhos do pau-campeche revoavam a todo instante um bando de hortulanas; no Ângelus, as galinhas-d'angola selvagens vinham friorentas beber ao longo das poças à margem do caminho e, quando espantadas, levantavam voo pesadamente, entorpecidas e viscosas de chuva.

Depois o tempo começava a mudar: por volta do meio-dia um calor untuoso envolvia os campos e as árvores derreadas; um vapor fino dançava e vibrava como um enxame no silêncio que só era perturbado pelo estrídulo acre dos grilos.

O céu se decompunha em bolhas lívidas que avançavam pela tarde e se moviam pesadamente por cima dos morros, percorridos por raios e trovões que ecoavam abafados. O sol só aparecia, nas raras rupturas das nuvens, como um brilho longínquo, de uma palidez cor de chumbo que feria o olhar.

Ao fundo do horizonte subia de repente um rumor confuso e crescente, um sopro enorme e furioso. Os camponeses que tinham se demorado no campo apertavam o passo, enxada no ombro; as árvores se dobravam de súbito; uma cortina de chuva se aproximava, violentamente agitada no uivo ininterrupto da tempestade. A chuva já estava ali: primeiro alguns pingos quentes e precipitados, depois, traspassado por raios, o céu escuro se abria para a chuvarada, a avalanche, o aguaceiro torrencial.

Bienaimé, na varanda estreita fechada por uma balaustrada vazada e protegida pelo beiral do telhado de palha, contemplava sua terra, sua boa terra, suas plantas encharcadas, suas árvores balançando ao cantar da chuva e do vento. A colheita seria boa. Ele penara sob o sol ao longo de dias. Aquela chuva era sua recompensa. Satisfeito, via-a cair em redes compactas, ouvia-a martelar na laje de pedra diante do caramanchão. Tanto e tanto milho, tanta ervilha-do-congo, o porco engordado: renderia um blusão novo, uma camisa e talvez o potro baio do vizinho Jean-Jacques, se ele baixasse o preço.

Tinha esquecido Délira.

– Esquenta o café, mulher – ele diz.

Sim, também compraria para ela um vestido e um lenço. Encheu o pequeno cachimbo de argila. Aquilo era viver em harmonia com a terra.

Mas tudo isso era passado. Dele só restava um gosto amargo. Já estávamos mortos naquela poeira, naquela cinza tépida que cobria o que outrora fora a vida, oh! Não era uma vida fácil, não era mesmo, mas eles tinham ânimo e, depois de pelejar com a terra, depois de abri-la, virá-la e revirá-la, molhá-la de suor, depois de inseminá-la como a uma fêmea, vinha a satisfação: as plantas, os frutos e todas as espigas.

Tinha pensado em Jean-Jacques e lá vem ele pelo caminho, agora tão velho e tão inútil quanto ele, Bienaimé, conduzindo um burro magro e deixando a corda se arrastar na poeira.

– Irmão – ele cumprimenta.

E o outro responde do mesmo modo.

Jean-Jacques pede notícias da comadre Délira.

Bienaimé diz: "Como vai minha comadre Lucia?".

E eles se agradecem.

O burro tem uma grande ferida no lombo e estremece sob as picadas das moscas.

– Até logo, então – diz Jean-Jacques.

– Até logo, meu negro – diz Bienaimé.

E ele vê o vizinho se afastar com o burro rumo ao bebedouro, aquele charco estagnado, aquele olho de lama coberto por um leucoma esverdeado onde todos bebem, homens e animais.

—

Faz tanto tempo que ele partiu, agora deve estar morto, ela imagina. A velha Délira pensa em seu menino. Manuel é o nome dele, ele partiu há anos para cortar cana-de-açúcar em Cuba. Agora deve estar morto, em país estranho, ela repete. Ele tinha dito uma última vez: mãe... Ela o beijou. Apertou nos braços aquele rapaz alto que fora seu na profundeza de sua carne e de seu sangue, que saíra dela, de sua carne e de seu sangue, e que se tornou aquele homem para quem ela murmurava através das lágrimas: "Vai, meu filho, a Virgem da Alta Graça te proteja"; e ele virou a curva da estrada e desapareceu, ó filho do meu ventre, alegria da minha vida, tristeza da minha vida, meu menino, meu único menino.

Ela para de moer o café, acocorada no chão. Não tem mais uma lágrima, mas parece que o coração lhe ressecou no peito e que ela se esvaziou de toda vida, a não ser daquele tormento incurável que lhe dá um nó na garganta.

Ele deveria voltar depois da *zafra* – que é como os

espanhóis chamam a colheita. Mas não voltou. Ela o esperou, mas ele não voltou.

Às vezes dizia a Bienaimé:

– Eu queria saber onde está Manuel.

Bienaimé não respondia. Deixava o cachimbo apagar. Saía pelos campos.

Ela voltava a dizer mais tarde:

– Bienaimé, pai, onde está nosso filho?

Ele respondia bruscamente:

– Deixa a tua boca em paz.

Mas ela sentia pena de suas mãos, que tremiam.

Esvaziou a gaveta do moinho, despejou outros grãos, retomou a manivela. Não era uma tarefa dura, mas ela sentia-se exausta, farta de ficar ali, sem movimentos, seu velho corpo gasto abandonado à morte que a confundiria, finalmente, com aquela poeira, numa noite eterna e sem memória.

Começou a cantarolar. Era como um gemido, um lamento da alma, uma acusação infinita a todos os santos e àquelas divindades surdas e cegas da África que não a ouviram, que viraram as costas à sua dor e a suas tribulações.

Ó Virgem Santa, em nome dos santos da terra, em nome dos santos da lua, em nome dos santos das estrelas, em nome dos santos do vento, em nome dos santos das tempestades, eu te suplico, por favor, protege meu filho em país estrangeiro, ó Senhor das Encruzilhadas, abre-lhe um caminho sem perigos. Amém.

Não tinha ouvido Bienaimé voltar.

Ele se sentou perto dela. No dorso do morro, via-se um avermelhado turvo. Mas o sol estava ausente, já caía atrás das florestas. Logo chegaria a noite, envolvendo em silêncio aquela terra amarga, mergulhando na sombra tranquila do sono aqueles homens entregues à desgraça, e depois a aurora se ergueria com o canto roufenho dos galos, o dia começaria de novo, igual ao outro e sem esperança.

II

Ele disse ao motorista do caminhão: "Pare".

O motorista olhou-o, espantado, mas desacelerou. Nenhuma choupana à vista: estavam exatamente no meio da estrada. Só havia uma planície de algarobas, de burseras e de moitas entremeadas por cactos. A linha das montanhas corria a leste, não muito alta, de um cinza-violáceo que ao longe se desbotava e se confundia com o céu.

O motorista freou. O estrangeiro desceu, puxou um saco e o jogou sobre o ombro. Ele era alto, negro, vestia um casaco abotoado até o alto e uma calça de tecido rústico azul presa nas polainas de couro. Levava um facão comprido na bainha pendurado de lado. Tocou a aba larga do chapéu de palha e o caminhão arrancou.

Com uma olhada, o homem saudou de novo aquela paisagem reencontrada: claro que tinha reconhecido sob a massa compacta de zimbros o caminho quase invisível entre o amontoado de rochas do qual irrompia a haste dos agaves coroada por um cacho de flores amarelas.

Aspirou o cheiro dos zimbros realçado pelo calor; sua lembrança do lugar era feita por aquele odor picante.

O saco era pesado, mas ele não sentia o peso. Ajeitou a alça pela qual o sustinha no ombro e enveredou pela mata.

Quando somos de um lugar, se nascemos nele, digamos, nativo-natal, pois bem, nós o temos nos olhos, na pele, nas mãos, com a cabeleira de suas árvores, a carne de sua terra, os ossos de suas pedras, o sangue de seus rios, seu céu, seu sabor, seus homens e suas mulheres; é uma presença indelével no coração, como uma mulher que amamos: conhecemos a fonte de seu olhar, o fruto de sua boca, as colinas de seus seios, suas mãos que se defendem e se rendem, seus joelhos sem mistérios, sua força e sua fraqueza, sua voz e seu silêncio.

– Ô! – fez ele. (Um gato selvagem atravessou o caminho com um salto, estacou bruscamente e desapareceu num ruído de folhagem remexida.)

Não, não se esquecera de nada, e agora outro cheiro familiar vinha a seu encontro: o fedor de fumaça de carvão resfriada, quando, na carvoeira, só resta um monte de terra espalhada em círculo na clareira.

Um barranco estreito e pouco profundo abria-se diante dele. Estava seco, e tufos de mato, todos os tipos de carrapichos, invadiam seu leito.

O homem levantou a cabeça para aquele pedaço de céu embaçado de vapor, puxou um lenço vermelho, enxugou o rosto e pareceu refletir.

Desceu o caminho, afastou alguns seixos, raspou a areia ardente. Raízes mortas se desintegraram entre seus dedos quando, nas beiradas do barranco, ele examinou a terra granulosa, sem consistência e que escorria como pó.

– *Carajo* – disse ele.

Subiu lentamente a outra encosta, com expressão preocupada, mas não por muito tempo. Estava contente demais hoje. A água às vezes muda de curso, como um cão muda de dono. Quem sabe por onde estava correndo àquela hora, a vadia.

Tomou o caminho de uma colina coroada de palmeiras. Seus leques amarfanhados pendiam inertes; não havia um sopro para abri-los, para libertá-los, num jogo desenfreado de luz brilhante. Para um estranho, aquilo significava um desvio, mas ele queria, lá do alto, abraçar sua terra, a planície extensa, e nas aberturas das árvores os telhados de palha, as manchas irregulares dos campos e das hortas.

Seu rosto endureceu, coberto de suor. O que via era uma extensão de terra torrificada, de uma desagradável cor de ferrugem, em lugar nenhum o frescor verde que esperava, e aqui e ali a deterioração esparsa das choupanas.

Contemplou, com vista para a aldeia, o morro descarnado, devastado por largas faixas esbranquiçadas, em que a erosão havia desnudado os flancos até as rochas. Tentava lembrar-se dos carvalhos altos e da vida agitada, em seus galhos, de pombos-torcazes ávidos por bagas pretas, dos mognos banhados por uma luz escura, das ervilhas-do-congo cujas vagens secas farfalhavam ao vento, dos montículos alongados das plantações de batata: tudo o sol havia lambido, apagado com sua língua de fogo.

Sentiu-se abatido e como que traído. O sol lhe pesava nas costas como um fardo. Desceu a ladeira, voltou ao caminho mais largo. Entrou numa savana em que vagueava, entre moitas de espinheiros e em busca de um capim raro, uma rês magra. Sobre os altos cactos empoleiravam-se bandos de corvos que, à sua aproximação, fugiam num turbilhão escuro, com um crocitar interminável.

Foi lá que a encontrou. Estava com um vestido azul preso na cintura por um lenço. As asas amarradas de um lenço branco que prendia seus cabelos cobriam-lhe a nuca. Levando na cabeça um cesto de vime, ela andava depressa, com os quadris robustos gingando ao ritmo de suas longas passadas.

Ao rumor dos passos dele, ela se voltou, sem parar, deixando ver seu rosto de perfil, e respondeu a seu cumprimento com um "Bom dia, senhor" tímido e um pouco inquieto.

Ele perguntou, como se a tivesse visto ontem – pois perdera o costume –, se ela estava bem.

– Com a graça de Deus, sim – disse ela.

Ele disse:

– Sou gente daqui: de Fonds-Rouge. Deixei esta terra há muito tempo; espere: na Páscoa vai fazer quinze anos. Eu estava em Cuba.

– Então... – disse ela baixinho. Não estava segura com a presença daquele estranho.

– Quando fui embora, não havia essa seca. A água corria pelo barranco, não em grande quantidade, para dizer a verdade, mas sempre o necessário, e às vezes até, quando a chuva caía nos morros, o suficiente para uma pequena enchente.

Ele olhou à sua volta.

– *Parece*[8] uma verdadeira maldição, agora.

Ela não respondeu nada. Tinha desacelerado para deixá-lo passar, mas ele deixou o caminho livre para ela e foi andando a seu lado.

Ela lançou a ele, de soslaio, um olhar furtivo.

"É muita audácia", pensava; mas não ousava dizer nada.

Como caminhava sem prestar atenção em seus passos, ele tropeçou numa pedra saliente e se reequilibrou dando uns pulinhos meio ridículos.

– *Ago!*[9] – disse ela com uma gargalhada.

Viu então que ela tinha belos dentes brancos, olhos bem francos e a pele negra muito fina. Era uma negra grande e forte, e ele lhe sorriu.

– Hoje é dia de mercado? – perguntou ele.

– Sim, em La Croix-des-Bouquets.

– É um mercado grande. Antigamente, os camponeses vinham de toda parte para ir a esse povoado na sexta-feira.

– Você fala em antigamente como se já fosse um homem de idade.

Na mesma hora ela se assustou com a própria ousadia.

Ele disse, franzindo as pálpebras, como se visse um longo caminho estender-se à sua frente:

– Não é tanto o tempo que faz a idade, são as tribulações da existência: quinze anos que passei em Cuba, quinze anos derrubando cana, todos os dias, sim, todos os dias,

---

8 Em espanhol no original.
9 Em crioulo no original: "Cuidado!".

do amanhecer ao anoitecer. No começo os ossos das costas ficam torcidos como um pano de chão. Mas há alguma coisa que te faz *aguantar*[10], que te permite suportar. Sabe o que é isso, diga: sabe que coisa é essa?

Ele falava com os punhos cerrados.

– A raiva. A raiva te faz cerrar as mandíbulas e apertar o cinto mais justo à pele da barriga quando te dá fome. A raiva é uma grande força. Quando fizemos a *huelga*[11], todos se alinharam, cada um carregando a raiva, como um fuzil, até a goela. A raiva era seu direito e sua justiça. Não há o que fazer contra isso.

Ela não entendia bem o que ele estava dizendo, mas estava muito atenta àquela voz sombria, que cantava as frases misturando nelas de vez em quando o estilhaço de uma palavra estrangeira.

Ela suspirou:

– Jesus Maria Virgem Santa, para nós, desgraçados, a vida é uma passagem pela miséria sem misericórdia. Sim, irmão, é assim: não há consolo.

– Na verdade há um consolo, vou lhe dizer: é a terra, seu pedaço de terra feito para a coragem dos seus braços, com suas árvores frutíferas ao redor, seus animais no pasto, todas as suas necessidades ao alcance da mão e sua liberdade, que só tem por limite a estação boa ou ruim, a chuva ou a seca.

– É verdade o que você falou – ela disse –, mas a terra não dá mais nada, e quando por sorte você arranca dela algumas batatas, alguns grãos de painço, os víveres não alcançam preço no mercado. Então, a vida é uma penitência, é isso que ela é, a vida de hoje.

---

10 Em espanhol no original: "aguentar".
11 Em espanhol no original: "greve".

Agora caminhavam ao longo das primeiras cercas de cactos-candelabros. No espaço despojado de algarobas encolhiam-se as choupanas miseráveis. A cobertura de palha miserável cobria um fino ripado rebocado de barro e de cal gretada. Diante de uma delas, uma mulher triturava grãos, usando um longo pilão de madeira. Ela parou, com o gesto suspenso, para vê-los passar.

– Comadre Saintélia, bom dia, sim – ela gritou da estrada.

– Ei, bom dia, cunhada Annaïse, como vai todo mundo, minha negra bonita?

– Vai todo mundo bem, minha comadre. E você?

– Nada mal, não, só meu homem que está na cama, com febre. Mas vai passar.

– Sim, vai passar, querida, com a ajuda do Bom Deus.

Andaram mais um pouco.

– Então – ele disse –, seu nome é Annaïse?

– Sim, meu nome é Annaïse.

– E eu me chamo Manuel.

Cruzaram com outros camponeses, com quem ela trocou longos cumprimentos, e às vezes parava para receber e dar notícias, pois na terra do Haiti é costume de boa vizinhança.

Enfim, ela chegou diante de uma porteira. Via-se a choupana no fundo do terreno, à sombra dos paus-campeches.

– É aqui que eu fico.

– Também não vou longe. Prazer em te conhecer. Será que vamos nos ver de novo?

Ela virou a cabeça, sorrindo.

– Porque eu moro, por assim dizer, praticamente na sua porta.

– É mesmo? E de que lado?

– Ali, na curva do caminho. Com certeza você conhece Bienaimé e Délira. Sou filho deles.

Ela quase arrancou a mão da mão dele, com o rosto transtornado por uma espécie de raiva dolorosa.

– *Hé, qué pasa?*[12] – ele exclamou.

Mas ela já atravessava a porteira e se afastava rapidamente, sem se virar.

Ficou alguns segundos plantado no lugar. "Que moça engraçada, compadre", disse para si mesmo, balançando a cabeça; "um instante ela sorri com amizade e depois, numa piscada de olhos, sai sem dizer até logo. O que se passa na cabeça das mulheres nem o diabo sabe".

Para se recompor, acendeu um cigarro e aspirou profundamente a fumaça acre que lhe lembrava Cuba, a imensidão, a vastidão de um horizonte a outro, campos de cana, o *batey*[13] da central açucareira, o barracão fedorento onde à noite, depois de um dia esgotante, ele dormia a esmo com seus camaradas de infortúnio.

Quando entrou no quintal, um cãozinho peludo veio pulando furioso. Manuel fez menção de se abaixar, pegar uma pedra e jogar nele. O cão fugiu, baixando o rabo e gemendo desesperado.

– Quieto, quieto aí – disse a velha Délira saindo da choupana.

Protegia os olhos com a mão para ver melhor o estranho que chegava. Vinha andando ao seu encontro e, à medida que ele avançava, uma luz deslumbrante levantava-se na alma dela.

Teve o ímpeto de lançar-se para ele, mas os braços caíram-lhe ao longo do corpo, ela vacilou, com a cabeça tombada para trás.

---

12 Em espanhol no original.

13 Povoação em torno de uma usina de açúcar, característica de Porto Rico, República Dominicana e Cuba, na qual vivem os cortadores de cana, em condições miseráveis.

Ele a abraçava com força.

De olhos fechados, ela apoiava o rosto em seu peito e, com a voz mais fraca do que um sopro, murmurava:

– *Pitite mouin, ay pitite mouin.*[14]

Entre suas pálpebras desbotadas, as lágrimas corriam. Abandonou-se com todo o cansaço de intermináveis anos de espera, sem força para a alegria nem para a amargura.

Surpreso, Bienaimé deixara cair o cachimbo. Pegou-o e o limpou cuidadosamente no blusão.

– Dá aqui a mão, rapaz – ele disse. – Ficou muito tempo na estrada; sua mãe rezou muito por você.

Contemplou o filho, com o olhar embaçado de lágrimas, e acrescentou em tom ríspido:

– Pelo menos podia ter avisado que ia chegar, mandar um vizinho na frente com o recado. A velha quase morreu de emoção. Você não tem jeito mesmo, meu filho.

Ele sopesou o saco.

– Você está mais carregado do que um burro.

Tentou desvencilhar Manuel da carga, vergou com o peso e o saco quase caiu. Manuel segurou-o pela alça.

– Deixa, pai. O saco está pesado.

– Pesado? – protestou Bienaimé, contrafeito. – Na sua idade eu carregava sacos muito maiores. Hoje a juventude é mimada, não tem firmeza. Não vale nada essa juventude, eu que o diga.

Procurou no bolso alguma coisa para encher o cachimbo.

– Você tem tabaco? Dizem que, no país de onde está vindo, o tabaco nasce como as moitas nos nossos morros. Malditos esses espanhóis, afinal! Levam nossos filhos durante anos e, quando eles voltam, não têm consideração pelos pais velhos. Do que está rindo? E ele ainda ri, numa hora dessas, esse atrevido!

---

14 Em crioulo no original: "Meu filhinho, ah, meu filhinho".

Indignado, tomava Délira por testemunha.

– Mas, pai... – disse Manuel, reprimindo o sorriso.

– Não tem nada de mas pai; perguntei se você tinha tabaco; podia ter respondido, não é?

– É que você não me deu tempo, pai.

– O que está querendo dizer? Que eu falo o tempo todo, não é? Que as palavras me saem da boca como água passa pela peneira? Está querendo desrespeitar seu próprio pai?

Com um sinal, Délira tentou acalmá-lo, mas o velho se fazia de furioso, por zombaria:

– E, além disso, perdi a vontade de fumar: você me contrariou demais, e bem no dia da sua chegada.

Mas, quando Manuel lhe estendeu um charuto, ele o pegou, cheirou-o com veneração, fez uma falsa careta de repugnância.

– Só quero saber se é bom. Eu mesmo gosto de charutos bem fortes.

Em busca de um tição, foi até o puxado coberto de folhas de palmeira que servia de cozinha.

– Não ligue – disse Délira, tocando o rosto do filho com um gesto de tímida adoração. – Ele é assim; é a idade. Mas tem bom coração, sim.

Bienaimé voltou. Sua expressão agora estava desanuviada.

– Obrigado, filho, pelo charuto, é um charuto dos bons. Ei, Délira, você tem que grudar nesse menino feito cipó-trepadeira?

Deu uma tragada profunda, contemplou o charuto com admiração, cuspiu um jato longo e sibilante de saliva:

– Caramba. É um charuto de verdade; esse merece o nome que tem. Vamos beber, meu filho, alguma coisinha contra a emoção.

Manuel reencontrou a choupana fiel à sua memória: a varanda estreita com balaustrada, o chão batido, revestido de seixos, as paredes antiquadas com o ripado à mostra.

Ele tem agora seu olhar de antigamente, um olhar do qual desapareceu a onda amarga dos campos de cana e a tarefa a regular todos os dias, para o cansaço do corpo abatido. Senta-se; está em casa, com os seus, de volta a seu destino: a terra rebelde e seu barranco seco, seus campos devastados e, sobre sua colina, a crina áspera das plantas erguidas contra o céu indomável, como um cavalo empinado.

Toca no velho aparador de carvalho: bom dia, bom dia, eu voltei; sorri para a mãe, que enxuga os copos; o pai está sentado, com as mãos nos joelhos, e olha para ele: esquece de fumar o charuto.

– A vida é a vida – diz por fim, sentenciosamente.

"Sim, é bem verdade", pensa Manuel. "A vida é a vida: por mais que se tomem atalhos, que se faça um longo desvio, a vida é um retorno contínuo. Os mortos, dizem, voltam à Guiné e mesmo a morte é apenas outro nome para a vida. O fruto apodrece na terra e alimenta a esperança da árvore nova."

Quando, debaixo das pancadas dos guardas rurais, ele sentia os ossos estalarem, uma voz inflexível sussurrava: você está vivo, você está vivo, morda a língua e os gritos pois você é homem de verdade. Se cair, será semeado para uma colheita invencível.

"Haitiano maldito, negro de mierda", berravam os guardas. As pancadas já nem doíam. Através de uma névoa percorrida por choques fulgurantes, Manuel ouvia, como uma fonte de sangue, o rumor inesgotável da vida.

– Manuel?

A mãe lhe servia bebida.

– Está com ar distante, parece homem que vê lobisomem à luz do dia – disse Bienaimé.

Manuel engoliu seu copo de um trago.

O álcool perfumado de canela lambeu o vazio do estômago com língua ardente e o ardor lançou-se em suas veias.

– Obrigado, mãe. É uma boa pinga e esquenta bem.

Bienaimé bebeu, por sua vez, depois de jogar algumas gotas no chão.

– Esqueceu o costume – ele esbravejou. – Não tem consideração pelos mortos. Eles também têm sede.

Manuel riu.

– Ah, eles nunca precisam ter medo de se resfriar. Eu tinha suado e estava com a garganta seca por causa da poeira.

– Insolência não é o que te falta, e insolência é coisa de negro estúpido.

Bienaimé começava a se zangar de novo, mas Manuel se levantou e pôs a mão no ombro dele:

– Parece até que não está contente em me ver.

– Eu, quem te disse isso?

O velho gaguejava de emoção.

– Não, Bienaimé – disse Délira para acalmá-lo –, ninguém disse isso. Não, pai querido, você está contente e satisfeito. Nosso filho está aqui. O bom Deus nos deu a bênção e o consolo. Ó, obrigada, Jesus, Virgem Maria, obrigada meus santos, obrigada três vezes.

Ela chorava; seus ombros balançavam levemente.

Bienaimé limpou a garganta.

– Vou avisar a vizinhança.

Manuel envolveu a mãe com seus braços longos e musculosos:

– Chega de tristeza, por favor, mãe. A partir do dia de hoje, vou estar aqui pelo resto da minha vida. Em todos esses anos que se passaram, eu era como uma raiz arrancada, na correnteza do grande rio; derivei pelos países estrangeiros; vi a miséria de frente; me debati com a existência até reencontrar o caminho da minha terra, e é para sempre.

Délira enxugou os olhos:

– Ontem à noite, eu estava sentada aqui onde você está me vendo; o sol tinha se deitado, a noite escura já tinha chegado; um pássaro na mata gritava sem parar; eu estava com medo de alguma desgraça e pensava: será que vou morrer sem rever o Manuel? É que estou velha, filhinho meu; sinto dores, o corpo já não está bom e a cabeça também não. E, depois, a vida é tão difícil... Outro dia eu dizia a Bienaimé, eu dizia: Bienaimé, como vamos fazer? A seca nos invadiu; tudo está morrendo: os animais, as plantas, os cristãos vivos. O vento não empurra as nuvens, é um vento maldito que arrasta a asa rente ao chão como as andorinhas e que agita uma fumaça de poeira; veja seus redemoinhos na savana. Do amanhecer ao anoitecer, não há uma gota de chuva em todo o céu; então, será que o bom Deus nos abandonou?

– O bom Deus não tem nada a ver com isso.

– Não diga desatinos, meu filho. Não ponha sacrilégios na sua boca.

A velha Délira, assustada, se benzeu.

– Não é desatino, mãe. Tem os assuntos do céu e tem os assuntos da terra; são duas coisas, não é a mesma coisa. O céu é o pasto dos anjos; eles são felizes; não têm que se preocupar com comida e bebida. E com certeza há anjos negros para fazer o trabalho pesado de lavar as nuvens ou varrer a chuva e limpar o sol depois da tempestade, enquanto os anjos brancos cantam como rouxinóis todo santo dia ou tocam trombetinhas, como aparece nas imagens que vemos nas igrejas.

"Mas a terra é uma batalha diária, uma batalha sem descanso: desbastar, plantar, capinar, regar, até a colheita. E então você vê seu campo deitado na sua frente, de manhã, e diz: eu, Fulano, senhor do orvalho, e o orgulho entra no seu coração. Mas a terra é como uma mulher, de tanto ser maltratada ela se revolta: vi que vocês desmataram os morros. A terra está nua e desprotegida. São as raízes que fazem amizade com a terra e a seguram; são as mangueiras, os carvalhos, os mognos que dão à terra as águas das chuvas para matar a sede e a sombra contra o calor do meio-dia. É assim e deve ser assim, senão a chuva esfola a terra e o sol a escalda; só restam as pedras.

"É verdade o que digo: não é Deus que abandona o negro, é o negro que abandona a terra e recebe seu castigo: a seca, a miséria e a desolação."

– Não quero mais te ouvir – disse Délira, balançando a cabeça. – Tuas palavras parecem a verdade e a verdade talvez seja um pecado.

Os vizinhos chegavam, eram os camponeses: Fleurimond Fleury, Dieuveille Riché, Saint-Julien Louis, Laurélien Laurore, Joachim Eliaein, Lhérisson Célhomme, Dorélien Jean-Jacques, o *simidor* Antoine e as comadres Destine, Clairemise e Mérilia.

– Primo – disse um –, você ficou fora muito tempo.

– Irmão – disse outro –, estamos felizes em te ver.

E um terceiro o chama de cunhado, e todos lhe tomam a mão em suas grandes mãos rugosas de trabalhadores da terra.

Destine o cumprimenta com uma reverência:

– Não quero te dar uma bronca, mas Délira estava se roendo de preocupação, coitada.

E Clairemise lhe dá um beijo:

– Somos da família: Délira é minha tia. Outro dia contei um sonho a ela. Eu via um homem negro, um homem muito velho. Estava na estrada principal, no cruzamento com o caminho das palmeiras e me disse: Vá encontrar Délira. O resto não ouvi, os galos cantavam, acordei. Talvez fosse Papa Legba[15].

– Ou então era eu – disse o *simidor* –; sou velho e negro,

---

15 Divindade do vodu afro-haitiano que tem a função de intermediário, mensageiro.

mas as mulheres ainda gostam de mim. Sabem que com as bengalas velhas se anda melhor. Elas me veem até em sonho.

– Para com isso – disse Clairemise. – Você está com um pé na cova e ainda leva uma vida desgovernada.

O *simidor* deu uma gargalhada.

Estava todo alquebrado e trêmulo como uma árvore de raiz podre, mas passava dias aguçando a língua no afiador das reputações e vinha contar um monte de histórias e lorotas, sem economizar saliva.

Olhou para Manuel com uma centelha de malícia no canto do olho e mostrando seus poucos dentes sem raiz:

– Com todo o respeito, o provérbio diz: *Mijo espalhado não faz espuma*, mas raios me partam se você não é um negro robusto.

– Ele está sempre dizendo besteira em sociedade – Destine o repreendeu. – Olha aí, injuriando de novo. Sem educação!

– Sim – disse Bienaimé, orgulhoso –, esse é um negro de bom tamanho. Reconheço minha raça; a idade me atrofiou, mas na minha juventude eu era uma cabeça maior do que ele.

– Délira – interrompeu Mérilia –, Délira querida, vou te fazer um chá contra estupor. Por hoje você já esgotou sua dose de emoção.

Mas Délira contemplava Manuel, sua testa rígida e lustrosa como pedra escura, a boca com um vinco obstinado que contrastava com a expressão velada e como que distante dos olhos. Uma alegria um pouco dolorida se agitava em seu coração, como um novo filho.

– Bom – começou Laurélien Laurore; ele era um camponês atarracado, lento de movimentos e linguagem; quando falava, cerrava os punhos como que para segurar o fio das palavras. – Bom, é assim que se diz naquela terra de Cuba, eles falam uma língua diferente da nossa, como se fosse um jargão. Dizem também que conversam tão depressa que, mesmo abrindo muito os ouvidos, você não entende nada de nada, como se fizessem cada palavra montar nas quatro rodas de um *cabrouet*[16] a toda. Você fala essa língua?

– Claro – respondeu Manuel.

– Eu também – gritou o *simidor*. Tinha acabado de engolir dois copos de pinga, um atrás do outro. – Atravessei a fronteira várias vezes. Aqueles dominicanos são gente como nós, só que têm uma cor mais vermelha do que os negros do Haiti e suas mulheres são mulatas[17] de juba grande. Conheci uma dessas, para dizer a verdade era bem gorda. Ela me chamava de Antonio, era assim que ela me chamava. Bom, em comparação com as mulheres daqui, não lhe faltava nada. Tinha de tudo, e de boa qualidade. Eu poderia dar provas, mas depois Destine vai brigar comigo. Destine, querida, não é a língua que conta, não, é o resto, pode acreditar.

Ele abafou uma tossidinha hilária.

– Não sou sua querida. E você é um vagabundo, um homem sem escrúpulos.

Destine estava fora de si, mas todos começaram a rir: só o Antoine mesmo...

A garrafa de pinga circula na roda. Manuel bebe, mas observa os camponeses, decifrando nas rugas de seus rostos a letra implacável da miséria. Estão em volta dele; descalços, e nos rasgos de seus farrapos remendados vê-se a pele seca e terrosa. Todos levam de lado o facão, decerto por hábito, pois que trabalho se oferece agora a seus braços desocupados? Um pouco de madeira a cortar para reparar as cercas dos terrenos, algumas algarobas a abater

---

16 Pequena carroça empregada nas plantações das Antilhas para transportar cana-de-açúcar.

17 No original, *mulâtre*, termo que atualmente vem sendo discutido e considerado pejorativo, mas utilizado no Haiti na época do romance.

para o carvão que suas mulheres carregarão em lombo de burro até a cidade. Com aquilo tinham de prolongar a existência faminta, acrescentando a venda de galinhas e, de vez em quando, de uma bezerra magra cedida a preço baixo no mercado de Pont-Beudet.

Mas, por enquanto, pareciam ter esquecido sua sorte: instigados pelo álcool, riam da falação inesgotável de Antoine:

– Meus amigos, sou eu que estou dizendo, por acaso costumo mentir? Estou dizendo que aquela negrinha, aquela senhorita Héloïse, está ficando cada vez mais redonda. É isso que acontece com quem se mete a brincar de pega-pega com os meninos da vizinhança. No meu tempo essa questão das meninas era um problema e uma dificuldade. Era preciso fazer manobras, fingir, falar bonito, enfim, todas as macaquices, todas as invencionices e, no final das contas, você acabava juntado de verdade e, por assim dizer, apanhado como um caranguejo, tendo que construir uma choupana, comprar móveis, sem contar a louça.

"Estou pensando na sor Mélie. Aquela diaba seria capaz de pôr fogo numa pia de água benta. Uma pele negra irretocável, graças a Deus, olhos com cílios de seda e longos como juncos à margem de uma lagoa, dentes feitos de propósito para a luz do sol e, além do mais, toda arredondada, gordinha, como eu gosto. Ao olhar para ela sentia-se na boca um gosto de pimenta. Andava com um requebro transbordante; era uma dança para a perdição da alma, de perturbar de verdade, até a medula.

"Uma tarde, encontro sor Mélie voltando da fonte, perto da plantação de milho do compadre Cangé. O sol estava se pondo, já anoitecia. O caminho não era movimentado.

"De conversa em conversa, pego na mão da sor Mélie. Ela baixa os olhos e diz apenas: 'Antoine ô, você é atrevido, sim, Antoine'. Na época, éramos mais esclarecidos do que vocês, negros de hoje, tínhamos instrução. Começo então com meu francês-francês: 'Senhorita, depois que a vi, sob a galeria do presbitério, tive um arroubo de amor por você. Já cortei vara, poste e palha para construir a choupana para você. No dia do nosso casamento, os ratos vão sair de suas ratinas e os cabritos de sor Minnaine virão berrar na nossa porta. Então, para garantir nossa franqueza no amor, senhorita, peço permissão para uma pequena ousadia'.

"Mas sor Mélie tira sua mão da minha, seus olhos soltam raios, e ela responde: 'Não, senhor, quando as mangas florirem e os cafés morrerem, quando o *coumbite* atravessar o rio ao som dos *boulas*[18], então, se você for um homem sério, vai conhecer meu pai e minha mãe'.

"Para comer, é preciso sentar à mesa, para ter sor Mélie, fui obrigado a me casar com ela. Era uma boa mulher, ela morreu, já faz muito tempo. Repouso eterno para ela. Assim seja."

E ele engoliu de um só trago um copo de pinga. Os camponeses caíram na gargalhada.

– Ah, canalha – murmurou Destine, apertando os lábios com desprezo.

Mas Laurélien Laurore, com uma espécie de cuidado paciente no rosto plácido, interrogava Manuel.

– Bom, vou te perguntar mais uma coisa. Eles têm água?

– Em quantidade, *viejo*. A água corre de um extremo ao outro das plantações, e lá dá uma bela cana e de rendimento maior do que a nossa cana crioula.

Agora todos ouviam.

– Você pode andar daqui até a cidade sem ver nada além de cana, cana para todo lado, a não ser, de vez em

---

18 Em crioulo no original. *Boula* é o menor dos três tambores da bateria Rada, uma das três tradições do vodu haitiano.

quando, um palmito sem importância, como uma vassoura esquecida.

– Então você está dizendo que eles têm água – disse Laurélien, pensativo.

E Dieuveille Riché perguntou:

– E de quem é essa terra e toda essa água?

– De um branco americano, ele se chama Mister Wilson. E a usina também e os arredores, tudo propriedade dele.

– E camponeses, ele tem camponeses como nós?

– Você quer dizer com uma porção de terra, aves, alguns animais de chifre? Não; só trabalhadores para cortar a cana a tanto e tanto. Eles não têm nada além da coragem de seus braços, não têm nem um punhado de terra nem uma gota de água, a não ser o próprio suor. E todos trabalham para Mister Wilson, e esse tal Mister Wilson, enquanto isso, fica sentado no jardim de sua bela casa, debaixo de um guarda-sol, ou fica brincando com outros brancos de jogar uma bola branca de um lado para outro com uma espécie de batedor de roupa.

– É – disse o *simidor*, dessa vez com amargura –, se o trabalho fosse uma coisa boa, há muito tempo os ricos já teriam tomado conta dele.

– Disse bem, *simidor* – aprovou Saint-Julien Louis.

– Deixei milhares e milhares de haitianos do lado das Antilhas. Eles vivem e morrem como cães. *Matar a un haitiano o a un perro*: matar um haitiano ou um cão é a mesma coisa, dizem os homens da polícia rural, verdadeiras feras.

– É uma *insolencidade* – exclamou Lhérisson Célhomme.

Manuel ficou em silêncio por um instante.

Lembrava-se daquela noite. Estava indo para a reunião clandestina.

Preparava-se a greve. *Alto!* Gritara uma voz. Manuel se jogara para o lado, encostando-se na escuridão. Apesar do rumor vibrante do vento nas canas, percebia, perto dele, uma respiração agitada. Invisível, contraído, as mãos preparadas, ele esperava. *Alto, alto!* Repetiu a voz, nervosa. Um clarão riscou a noite. De um salto, Manuel tomou o revólver, quebrou o punho do guarda. Eles rolaram no chão. O homem quis chamar por socorro, com uma coronhada Manuel lhe quebrou os dentes e redobrou os golpes até lhe enfiar a arma no miolo.

Suspirou de satisfação com a lembrança.

– Sim – disse o *simidor* –, é assim e é uma injustiça. Os infelizes trabalham ao sol e os ricos desfrutam na sombra; uns plantam, outros colhem. Na verdade, nós, o povo, nós somos como o caldeirão; é o caldeirão que cozinha toda a comida, é ele que conhece a dor de ficar sobre o fogo, mas, quando a comida está pronta, dizem ao caldeirão: você não pode vir para a mesa, vai sujar a toalha.

– É a pura verdade – exclamou Dieuveille Riché.

Uma tristeza pesada caiu sobre os camponeses. A segunda garrafa de pinga estava vazia. Estavam de volta à sua condição e aos pensamentos que os atormentavam: a seca, os campos devastados, a fome.

Laurélien Laurore estendeu a mão para Manuel:

– Já vou indo, irmão. Descanse depois dessa longa caminhada. Gostaria de conversar com você outra vez sobre esse país, Cuba. Então vou dizer até logo, sim.

– Até logo, *compadre*.

Um depois do outro, eles o cumprimentaram, saíram da choupana, repetindo:

– Délira, prima, até logo, sim, Bienaimé, irmão, até logo, sim.

– Até logo, vizinhos – os velhos respondiam –, e obrigado pela cortesia.

No limiar da porta, Manuel os viu desaparecer pelas trilhas que através do mato os levavam a suas choupanas.

– Você deve estar com fome – sua mãe disse. – Vou te preparar o que comer; não tem grande coisa, você sabe.

Debaixo do puxado de folhas de palmeira, ela se agachou diante das três pedras enegrecidas, acendeu o fogo, atiçou pacientemente a chama nascente, abanando-a com a mão espalmada.

"Há luz na testa dele", ela pensava, extasiada.

O sol declinava no céu; o Ângelus estava próximo, mas uma névoa de calor engrossada de poeira persistia no horizonte das algarobas.

III

"Deve estar amanhecendo", Manuel pensou.

Por baixo da porta rastejava, com leve frieza, a claridade turva da aurora. Ele ouvia no quintal o canto agressivo dos galos, o bater de asas e o cacarejo agitado das galinhas.

Abriu a porta. O céu, banhado de noite, empalidecia no levante, mas a mata, ainda adormecida, repousava numa massa de sombra.

O cãozinho o acolheu de mau humor e, mostrando os dentes com irritação, não parava de rosnar.

– Que cachorro irritante, cachorro detestável – exclamou a velha Délira, enxotando-o com a voz e com o gesto.

Ela já estava ocupada esquentando o café.

– Você se levantou de madrugada, filhote. Dormiu o tanto que precisava?

– Bom dia, mãe; pai, bom dia para você, sim.

– Como vai, meu filho? – respondeu Bienaimé.

Ele mergulhava um pedaço de mandioca no café.

Délira ofereceu uma vasilha de água fresca para Manuel. Ele lavou a boca e os olhos.

– Eu não dormi – queixava-se Bienaimé –, não dormi bem, não. Acordei no meio da noite e só fiquei me virando e revirando até o amanhecer.

– Vai ver que era a alegria que te coçava – comentou Délira, sorrindo.

– Que alegria? – replicou o velho. – Com certeza foram as pulgas.

Enquanto Manuel tomava seu café, uma vermelhidão subia aos poucos e se alargava em cima do morro. A savana e seu mato encrespado, com a luz, ia tomando espaço, estendia-se até a orla indecisa em que a aurora se desvencilhava lentamente do abraço confuso da noite.

Na mata, as galinhas-d'angola selvagens lançaram seu chamado veemente.

"No entanto, a terra é boa", Manuel pensava. "O morro está perdido, é verdade, mas a planície ainda pode dar uma boa quantidade de milho, de painço e de todos os tipos de víveres. Mas precisaria de irrigação."

Via como num sonho a água correndo pelos canais como uma rede de veias transportando a vida até as profundezas da terra; as bananeiras inclinadas sob a carícia sedosa do vento, as espigas barbudas do milho, os canteiros de batatas estendendo-se nos terrenos: toda aquela terra chamuscada repintada com as cores da vegetação.

Voltou-se para o pai:

– E a fonte Fanchon?

– Que é que tem a fonte Fanchon?

Bienaimé esmigalhava no cachimbo a bituca que tinha sobrado da véspera.

– Como está de água?

– Seca como a palma da minha mão.

– E a fonte Lauriers?

– Como você insiste, meu negro. Nem um pingo, também. Só tem o charco Zombi, mas é um brejo de mosquitos: uma água podre que nem cobra morta, enrolada, uma água grossa, sem força para correr.

Manuel ficou em silêncio; um vinco obstinado lhe contraía a boca.

Bienaimé arrastou sua cadeira até a cabaceira e sentou-se apoiando-a no tronco. Estava voltado para a estrada em que passavam camponesas conduzindo seus animais de carga resfolegantes.

"Eia, burro, eia", seus gritos ásperos elevavam-se na calma matinal.

– Mãe, como vocês vão viver?

– Da graça de Deus – murmurou Délira, e acrescentou

com tristeza: – Mas não há misericórdia para os desgraçados.

– Resignação não adianta nada – Manuel meneou a cabeça, impaciente. – A resignação é traiçoeira; é igual ao desalento. Ficamos sem ação, esperando os milagres e a Providência, de rosário na mão, sem fazer nada. Rezamos pela chuva, rezamos pela colheita, recitamos a oração dos santos e dos loás[19]. Mas a Providência, vou te dizer, é a própria vontade do negro de não aceitar a desgraça, de domar a cada dia a má vontade da terra, de submeter o capricho da água a suas necessidades; então a terra o chama de caro patrão, e a água o chama de caro patrão, e não há outra Providência a não ser seu trabalho de camponês sério, não há outro milagre a não ser o fruto de suas mãos.

Delirá olhou-o com ternura inquieta:

– Você tem a língua hábil e viajou por países estrangeiros. Aprendeu coisas que estão além do meu entendimento: sou apenas uma pobre negra tola. Mas não está sendo justo com o bom Deus. É ele o Senhor de todas as coisas; ele tem nas mãos a mudança das estações, o fio da chuva e a vida de suas criaturas. É ele que dá luz ao sol e que acende as velas das estrelas; ele sopra sobre o dia e faz noite alta; dirige os espíritos das fontes, do mar e das árvores. Papa Loko, ele diz; Mestre Agoué, ele diz, estão me ouvindo? E Loko Atisou responde: que tua vontade seja feita; e Agoueta Woyo responde: amém. Esqueceu essas coisas?[20]

– Fazia muito tempo que eu não as ouvia, mãe.

Manuel sorria e Délira suspirou desconcertada:

– Ai, meu filho, essa é a verdade, sim.

---

19 Divindades do vodu haitiano.
20 No vodu haitiano, respectivamente, o senhor das plantas, sobretudo das árvores; o senhor das ondas do mar; e o deus do mar, da fauna e da flora.

Agora era dia claro. O sol de um vermelho colérico envolvia a crista dos morros. As erosões avivaram-se com uma luz crua e os campos apareceram em sua plena nudez. Na savana, os bois acossados pelas mutucas mugiram longamente. A fumaça dos fumeiros de carvão flutuava sobre as algarobas.

Manuel foi buscar seu facão.

– Vou dar uma volta pela região.

– Para que lado?

– Para lá.

Ele fez um gesto vago na direção da colina.

– Vou te esperar; não se distraia muito pelo caminho, meu filho.

Vendo-o rumar para a mata, Bienaimé resmungou:

– Mal chegou e já começa a vadiar.

Manuel atravessou a mata ainda em sombra e os galhos se debruçavam sobre a vereda margeada de cactos. Mas ele se lembrava: depois de desvios e encruzilhadas, o caminho desembocaria no vale estreito onde em outros tempos Bienaimé cultivara algodão num pedaço de terra, e depois, pela reentrância do morro, ele subiria até a fonte.

Espantou um bando de galinhas-d'angola, que saiu voando ruidosamente através de uma mata de paus-campeches. "Eu poderia tentar pegar uma com alçapão, mas galinha-d'angola tem mais manha do que rolinha e hortulana." Sentia-se cheio de ânimo, apesar da ideia obstinada que o perseguia. Tinha vontade de cantar uma saudação às árvores. Plantas, ó minhas plantas, eu lhes digo: honra; vocês me responderão: respeito, para que eu possa entrar. Vocês são minha casa, são minha terra. Plantas, eu digo: trepadeiras de minhas matas, estou plantado nessa terra, sou ligado a essa terra. Plantas, ó minhas plantas, eu lhes digo: honra; respondam-me: respeito, para que eu possa passar.

Ele havia retomado a passada longa e quase negligente, mas de bom ritmo, dos negros da planície, às vezes abrindo caminho com um rápido golpe de facão, e ainda cantarolava quando chegou a uma clareira. Lá um camponês preparava sua carvoeira. Era um negro encorpado e parecia socado no pilão. Suas mãos enormes pendiam como maços de raízes na extremidade dos braços. Os cabelos lhe desciam pela testa rígida em pequenos tufos enrolados e dispersos.

Manuel o cumprimentou, mas o outro, sem responder, olhava para ele: sob a saliência das sobrancelhas, seu olhar se movia como um animal desconfiado num covil bravio.

Por fim, ele disse:

– Você é o negro que voltou ontem de Cuba?

– Sou eu mesmo.

– É o filho de Bienaimé?

– Sou eu mesmo.

Apertando o olhar, até se tornar não mais do que uma fagulha incandescente, o homem encarou Manuel, depois com lentidão calculada virou a cabeça, cuspiu, e voltou à sua carvoeira.

Manuel se debatia entre a surpresa e a raiva. Mais um segundo daquele véu vermelho nos olhos e ele teria devolvido a insolência ao desconhecido a golpes de facão no crânio, mas dominou-se.

Continuou sua caminhada, ruminando sua cólera e seu mal-estar: *"El hijo de puta..."*. Mas o que está acontecendo? Lembrou-se da repentina mudança de atitude de Annaïse. "Há alguma coisa que não está clara nisso tudo."

O vale estendia-se ao pé do morro. As águas que vinham do alto o tinham sulcado e, pelo declive, a terra removida perdera-se ao longe. Os ossos das pedras furavam sua pele magra e os *cadaches*, que entre as plantas são como aranhas com cabeleiras de espinhos, o tinham invadido.

Manuel seguiu pelo flanco do morro. Subia à fogueira do sol. Só lançou uma olhada para a planície, sua cor doentia, a crina grisalha de suas algarobas, o barranco desenrolando ao sol o longo curso de seus seixos. Ele tomou o caminho que, de viés, voltava a descer rumo à brecha onde em outros tempos corria a fonte Fanchon.

As lajes de pedra alisadas pela água soaram sob seus passos. Ele as conhecera nervuradas de musgo úmido; lembrava-se da água pura, de seu fraseado longamente escoado, sem começo nem fim, e do sopro do vento rasgado pelos silvos do ar como roupa molhada. Saía de longe, a fonte, Manuel pensava, vinha das próprias entranhas do morro, caminhando secretamente, filtrando com paciência na escuridão, para enfim aparecer, na brecha da colina isenta de lodo, fresca e clara como um olhar de cego.

Só restava uma cicatriz, das pedras e da erva daninha; adiante, onde começava a parte plana do vale, blocos de rocha que tinham rolado do morro repousavam em torno de um areal como gado pacato.

Tinha vindo com a intenção de verificar; pois bem, agora sabia, e com a fonte Lauriers devia ser a mesma coisa; um buraco de lama endurecida, e só; e então seria preciso resignar-se a definhar lentamente, a mergulhar irremediavelmente no atoleiro da miséria e dizer à terra: adeus, renuncio; não, atrás dos morros havia outros morros, e que um raio o arrebentasse se ele não escavasse as veias de seus barrancos com as próprias unhas até encontrar água, até sentir sua língua úmida na mão.

– Compadre, por acaso viu uma égua vermelha nessas paragens? – Era a voz de Laurélien. – A maldita rebentou a corda.

Ele desceu penosamente até Manuel.

– Então está fazendo o reconhecimento da terra, irmão?

– Ouvir e ver são coisas diferentes, por isso vim até aqui

esta manhã – respondeu Manuel. – Eu dizia assim na minha cabeça: talvez ainda tenha ficado um fiozinho escondido, às vezes a água pode se perder na peneira da areia, aí ela goteja até encontrar resistência e rói seu caminho para o fundo da terra.

Soltou com o facão um torrão endurecido e o quebrou contra uma pedra. Estava cheio de gravetos e de detritos de raízes ressecadas que se desfaziam entre os dedos.

– Veja, não há mais nada; a água se esgotou desde as entranhas do morro. Não vale a pena procurar mais longe, é inútil. – E com raiva repentina: – Mas por que, maldição, vocês cortaram a mata, os carvalhos, os mognos e tudo o que crescia lá em cima? Que negros inconsequentes, que negros sem noção.

Laurélien lutou com as palavras por um momento:

– O que você queria, irmão... Derrubamos para ter lenha, cortamos para a armação e a cobertura das choupanas, refizemos as cercas dos terrenos, nós não sabíamos; a ignorância e a necessidade andam juntas, não é mesmo?

O sol arranhava o dorso esfolado do morro com unhas flamejantes; a terra ofegava por seu barranco sedento e a região enfurnada na seca começava a esquentar.

– Está ficando tarde – disse Laurélien. – Minha égua está correndo por aí; ela está no cio e tenho medo de que a sem-vergonha se deixe cobrir pelo alazão coxo do compadre Dorismond.

Subiram juntos o declive.

– Você vai à rinha amanhã-se-deus-quiser?

– Se me der na ideia – disse Manuel.

Só uma coisa o preocupava, e por isso estava irritado. Laurélien o sentiu vagamente e ficou em silêncio. Ao chegarem ao lugar onde a vereda bifurcava para subir ou para descer, Manuel parou:

– Laurélien – ele disse –, vou ser franco com você, meu

compadre. Escute, por favor, escute bem. Essa questão da água é de vida ou morte para nós, é a salvação ou a perdição. Passei uma parte da noite de olhos abertos; estava sem sono e sem sossego de tanto refletir. Manuel, eu pensava, como sair desta miséria? Quanto mais eu examinava a coisa na minha cabeça, mais eu via que só tinha um caminho, e certeiro: é preciso procurar água. Cada negro tem sua convicção, não é? Pois bem, eu juro: vou encontrar água e vou levá-la para a planície, com a corda de um canal no pescoço. Sou eu que estou dizendo, eu mesmo, Manuel Jean-Joseph.

Laurélien olhava para ele com olhos arregalados:

– E como vai fazer?

– Espere, e você vai ver. Mas por enquanto, confiança por confiança, é segredo entre nós.

– Que a Virgem da Alta Graça me fure os olhos se eu disser uma palavra.

– Tudo bem, e se eu precisar de ajuda posso contar com você?

– Com certeza – Laurélien prometeu solenemente.

– Combinado? – disse Manuel.

– Combinado.

– De verdade?

– De verdade, três vezes.

Enquanto Manuel descia a colina, Laurélien chamou de novo:

– Compadre Manuel, ô!

– Pois sim, compadre Laurélien?

– Amanhã pode apostar no meu galo, não tem mais valente do que ele.

Manuel margeou a mata; o antigo desbastamento tinha corroído suas bordas, mas agora retomava seus direitos com o crescimento tenaz dos cactos arborescentes eriçados de agulhas, suas grandes folhas carnudas, insensíveis aos movimentos do ar e reluzentes como a pele dos jacarés.

Quando chegou a sua casa, o céu que se tornara cinza cor de ferro pesava como uma tampa ardente sobre a abertura das árvores. A choupana encostada no caramanchão parecia abandonada desde um tempo sem idade. Bienaimé cochilava debaixo da cabaceira. A vida tinha se destrambelhado, imobilizada em seu curso: o mesmo vento varria os campos com rajadas de poeira, para além da savana, o mesmo horizonte barrava a vista para qualquer esperança, e cerzindo um vestido batido milhares de vezes a velha Délira repassava, atormentada, os pensamentos de todos os dias: a reserva de víveres diminuía, só tinham sobrado alguns punhados de painço e de ervilha-do-congo, ai, Virgem Maria, não era culpa sua, ela fizera seu dever e tomara as precauções de acordo com a sabedoria dos antigos. Antes de semear o milho, ao amanhecer, diante dos olhos vermelhos e vigilantes do sol, dissera ao Senhor Jesus Cristo, voltada para o levante, aos Anjos da Guiné, voltada para o sul, aos Mortos, voltada para o poente, aos Santos, voltada para o norte, ela dissera, lançando as sementes nas quatro direções sagradas, Jesus Cristo, Anjos, Mortos, Santos: aqui está o milho que lhes dou; deem-me em troca a coragem de trabalhar e a satisfação de colher. Protejam-me contra as doenças, e também minha família: Bienaimé, meu homem, e meu filho em terra estrangeira. Protejam este terreno contra a seca e os animais famintos, é um favor que peço, por favor, pela Virgem dos Milagres, amém e obrigada.

Levantou os olhos cansados para Manuel:

– Então está de volta, meu filho.

– Tenho uma coisa para perguntar, mãe. Mas antes vou me lavar.

Despejou água no pote, com ela encheu uma gamela. Com o tronco nu, atrás da choupana, sua pele esfregada vigorosamente adquiria uma luz lustrosa e seus músculos flexíveis estiravam-se como trepadeiras infladas de seiva.

Voltou, revigorado, e puxou o banco para debaixo do caramanchão. A mãe sentou-se a seu lado. Ele contou sua estranha aventura na mata.

– Diga uma coisa, como é esse negro? – perguntou Bienaimé, que tinha acordado.

– É um negro escuro, rijo e parrudo, com o cabelo parecendo grãos de pimenta.

– E de olhos bem fundos?

– Sim.

– É Gervilen – declarou Bienaimé. – Ah, maldito, cachorro, vagabundo.

– E ontem vim pelo caminho com uma moça, conversamos amigavelmente, mas quando eu disse quem era ela me virou as costas.

– Que tipo de negra ela era? – o velho perguntou de novo.

– Bonita, olhos grandes, dentes brancos, pele fina. Ela me disse seu nome: se chama Annaïse.

– É a filha de Rosanna e do finado Beaubrun. Uma bela varapau, com olhos de vaca leiteira; não estou nem aí para a pele dela e, quanto aos dentes, nunca ri com ela para reparar.

Bienaimé fervia de raiva e as palavras se enredavam nos flocos de sua barba.

– Por que somos inimigos? – Manuel perguntou.

Sem responder, Bienaimé foi buscar sua cadeira.

Debaixo do caramanchão havia um jogo de sombras que vinha das folhas de palmeira que o cobriam.

– É uma história antiga – começou o velho –, mas não esquecida. Na época em que você estava em Cuba.

Ele mordeu o cachimbo.

– Correu sangue.

– Conta, pai, estou ouvindo – disse Manuel com delicadeza.

– Pois bem, filho, quando o finado Johannes Lonjeannis

morreu (era chamado de general Lonjeannis, porque tinha guerreado com os *cacos*[21]), foi preciso fazer a partilha das terras. Se você tem lembrança, esse general Lonjeannis era um verdadeiro *don*[22], negro de boas maneiras, um patriarca, já não se vê gente desse feitio. Por parte dele, éramos todos parentes, por assim dizer. Tinha feito filhos sem conta. Com minha própria tia-avó, ele teve Dorisca, pai desse Gervilen; a maldição do inferno caia sobre aquela cabeça sarnenta. Partilha se faz com muita discussão, é verdade, mas é família, não é?, no fim se entra em acordo. Um diz: entende, compadre Fulano? e o compadre Fulano responde: entendo, e cada um pega seu pedaço de terra. Terra não é lençol, tem lugar para todos. Mas Dorisca se põe surdo que nem mula empacada e, um belo dia, vai com a família e um séquito de partidários e toma posse. Nós, os outros, vamos ver o que está acontecendo. Já estavam em pleno *coumbite*, Dorisca e o bando dele, e não tinham economizado na pinga. Meu finado irmão, Sauveur Jean-Joseph, o bom Deus tenha piedade de sua alma, como não era covarde, foi o primeiro a se aproximar: "Compadre Dorisca", ele disse, "você não está agindo conforme seu direito". Mas Dorisca responde: "Sai da minha terra ou vou te picar em pedaços que até os cães vão vomitar". "Você está me ofendendo", disse o finado Sauveur. "Vai à merda", responde Dorisca, e tua mãe isso e tua mãe aquilo. "Você não devia ter dito isso", diz Sauveur, e puxa o facão antes do outro e o faz cair duro.

"Então começou a batalha. Houve uma grande quantidade de feridos. Eu mesmo..."

---

21 Camponeses armados, originalmente escravizados, que se insurgiram contra o poder central de Porto Príncipe e constituíram uma força de resistência durante a ocupação americana (1915-1934).
22 Em espanhol no original: grande proprietário rural, senhor.

Bienaimé levantou o blusão e sublinhou com o dedo o traçado de uma cicatriz entre os pelos brancos do peito.

– E Sauveur morreu na prisão, era meu irmão mais novo e era um bom negro.

Bienaimé enxugou uma lágrima com o punho cerrado.

– Estou ouvindo – disse Manuel.

– Acabamos por separar a terra, com ajuda do juiz de paz. Mas também partilhamos o ódio. Antes éramos uma só família. Agora acabou-se. Cada um guarda seu rancor e lustra sua cólera. Há nós e há os outros. E, entre os dois, o sangue. Não dá para passar por cima do sangue.

– Esse Gervilen é um homem cheio de malvadezas – murmurou Délira. – E, quando ele bebe, a pinga transtorna seu espírito.

– É um negro desajuizado – acrescentou Bienaimé.

Cabisbaixo, Manuel ouvia. Assim um novo inimigo se erguia no povoado e o dividia com a precisão de uma fronteira. Era o ódio e sua ruminação amarga do passado sangrento, sua intransigência fratricida.

– O que acha disso? – perguntou Bienaimé.

Manuel tinha se levantado. Diante do seu olhar, os telhados de palha apareciam entre as árvores e em cada choupana macerava o veneno escuro da vingança.

– Acho uma lástima.

– Não te entendo, meu filho.

Mas Manuel ia se afastando lentamente rumo aos campos, andava no sol, pisava nas plantas murchas, com as costas um pouco curvadas, como se carregasse um fardo.

IV

Alguns dias depois, Manuel estava consertando o caramanchão, substituindo uma viga carunchada por um tronco de pau-campeche. Ele o tinha podado, descascado e posto para secar. Mas a madeira ainda transpirava um pouco de umidade vermelha.

– Que bom que você está consertando o caramanchão – disse sua mãe.

– Estava todo podre – respondeu Manuel, distraído.

A mãe fez uma pausa:

– Porque eu avisei Dorméus.

– Dorméus?

– O *houngan*[23], meu filho.

Manuel firmou a viga.

– Está ouvindo, filhote?

– Estou ouvindo, sim.

Ele enfiou os pregos na carne tenra do pau-campeche.

– Vai ser para depois de amanhã, se Deus quiser – disse Délira.

– Se Deus quiser – repetiu Manuel.

– Bienaimé foi buscar folhas novas para cobrir o caramanchão. É um dever importante que temos que cumprir.

Manuel desceu do banco. Tinha terminado.

– Foi ele, Papa Legba, que abriu o caminho de volta para você. Clairemise o viu em sonho, Atibon-Legba, o senhor das encruzilhadas. Precisamos lhe agradecer. Já convidei a família e a vizinhança. Amanhã, você vai ao povoado comprar cinco galões de pinga e duas garrafas de rum.

– Vou – respondeu Manuel.

---

23 Sacerdote do vodu haitiano.

Dois dias depois, os camponeses esperavam debaixo do caramanchão recém-preparado. Tocos de vela pendurados nos postes queimavam com um cheiro acre e, conforme as asas do vento batiam, lambiam a sombra com língua fumegante.

Um rumor de vozes na estrada anunciou a chegada de Dorméus. Bienaimé já o esperava na porteira. O *houngan* se adiantou; era um negro alto, avermelhado, com seriedade em todos os movimentos. Seguia-o o cortejo de suas *hounsi*[24], trazendo na cabeça e no corpo lenços e vestes de um branco imaculado, erguendo nas mãos lascas de pinheiro acesas. Elas precediam o La Place, organizador do cerimonial, os porta-bandeiras, os tocadores de tambor e de gongo.

Fazendo uma reverência, Bienaimé ofereceu a Dorméus uma moringa de água. O *houngan* a recebeu com seriedade, com as mãos unidas ergueu-a lentamente nas quatro direções cardeais. Seus lábios murmuravam as palavras secretas. Em seguida ele regou o chão, traçou um círculo mágico, endireitou o corpo alto e se pôs a cantar acompanhado por todos os assistentes.

Papa Legba, l'ouvri barriè-apou nous, ago yé!
Atibon Legba, ah l'ouvri barriè-apou nous, pou nous passer
Lo n'ya rivé, n'ya remercié loa yo
Papa Legba, maît'e trois carrefours, maît'e trois chemins,
*   maît'e trois rigoles*
L'ouvri barriè-a pou nous, pou nous entrer
Lo n'a entré, n'a remercié loa yo.[25]

---

24 Iniciadas do vodu.
25 "Papa Legba, abre a porteira para nós, para podermos passar, ago yé!/ Atibon Legba, ah, abre a porteira para nós, para podermos passar/ Quando chegarmos, agradeceremos os loás yo/ Papa Legba, senhor das três encruzilhadas, senhor dos três caminhos, senhor dos três canais/ Abre a porteira para nós, para podermos entrar/ Quando entrarmos, agradeceremos os loás yo."

– Entre, papa, entre – disse Bienaimé, ofuscando-se humildemente diante do *houngan*.

Dorméus tomou a dianteira, seguido por sua gente. As tochas lançavam uma luz furtiva sobre as vestes brancas das *hounsi*, soltavam algumas faíscas das lantejoulas douradas das bandeiras. O resto avançava numa agitação mais densa que a noite.

E Legba já estava ali, o velho deus da Guiné. Debaixo do caramanchão tomara a forma de Fleurimond, mas o remodelara à sua imagem venerável, de acordo com sua idade imemorial: as costas arqueadas, ofegante de exaustão, apoiado na muleta de um galho retorcido.

Os camponeses abriram diante do *houngan* o caminho do respeito. Os porta-bandeiras balançaram acima do possuído um dossel de bandeiras desfraldadas. Dorméus desenhou a seus pés o *vêvê*[26] mágico, fincou no meio uma vela acesa.

– Teus filhos te saúdam – ele disse ao Legba. – Eles te oferecem esse serviço em agradecimento e em ação de graças.

Apontou um cesto de vime pendurado no poste central:

– Aqui está teu saco, com os alimentos necessários à tua viagem de volta. Não falta nada: a espiga de milho tostado, regada com calda de açúcar e óleo de oliva, conservas, bolos e licor para matar a sede.

– Obrigado – disse o loá, com voz apagada –, obrigado pela comida e pela bebida. Vejo que as coisas vão mal com essa seca. Mas isso vai mudar, vai passar. O bom e o mau formam uma cruz. Eu, Legba, sou o senhor dessa encruzilhada. Farei meus filhos crioulos tomarem o bom caminho. Eles sairão do caminho da miséria.

Um coro de preces o envolveu:

---

26 Símbolo religioso, que representa o loá, traçado no chão pelo *houngan* com farinha.

– Faz isso para nós, papa, eu te peço, ai, querido papa, por favor. A penitência é grande demais e sem ti somos indefesos. Graça, graça, misericórdia.

O possuído aquiesceu com um movimento senil. Sua mão tremia segurando a muleta, e ele pronunciou mais algumas palavras sufocadas e ininteligíveis.

Dorméus fez um sinal: o bater entrecortado dos tambores preludiou, amplificou-se num sombrio volume percutido que irrompeu na noite e o canto unânime se elevou, apoiado no ritmo antigo, e os camponeses se puseram a dançar sua súplica, com os joelhos dobrados e os braços abertos.

Legba, fait leur voir ça
Alegba-sé, c'est nous deux.[27]

Seus pais tinham implorado os fetiches de Whydah[28] e, dançando esse Yanvalou[29] e nos seus dias de aflição, eles o lembravam com uma fidelidade que ressuscitava da noite dos tempos a força tenebrosa dos velhos deuses daomeanos:

C'est nous deux, Kataroulo
Vaillant Legba, c'est nous deux.[30]

As *hounsi* rodopiavam em torno do poste central mesclando a espuma de suas vestes com a onda agitada dos camponeses vestidos de azul; Délira também dançava, com expressão recolhida, e Manuel, vencido pela pulsação mágica dos tambores no mais íntimo de seu sangue, dançava e cantava com os outros:

---

27 "Legba, faz eles verem isso/ Alegba-sé, somos nós dois."
28 Local de templo vodu, no Benim.
29 Dança de súplica realizada em rituais vodu.
30 "Somos nós dois, Kataroulo/ Valente Legba, somos nós dois."

Criez, abobo[31], *Atibon Legba*
Abobo Kataroulo, Vaillant Legba.[32]

Dorméus agitou seu *asson*, o chocalho ritual feito com uma cabaça oca, ornado com uma rede de vértebras de cobra e contas de vidro entrelaçadas. Os tambores se aquietaram. No meio do *vêvê*, o La Place havia deposto sobre uma toalha branca um galo cor de chama para centrar todas as forças sobrenaturais num só núcleo vivo, numa moita ardente de penas e de sangue.

Dorméus agarrou o galo e o agitou como um leque por cima dos sacrificantes.

Mérilia e Clairemise cambalearam, tremendo, com o rosto transtornado. Agora dançavam, debatendo-se com o ombro, no abraço forçado dos loás que as possuíam em carne e espírito.

Santa Maria Gratia.

Os camponeses entoaram a ação de graças, pois era o sinal visível de que Legba aceitava o sacrifício.

Com uma torção violenta, Dorméus arrancou a cabeça do galo e apresentou seu corpo às quatro direções cardiais.

Abobo

ulularam as *hounsi*.

O *houngan* repetiu o mesmo gesto de orientação e deixou cair no chão três gotas de sangue.

---

31 Grito de júbilo religioso.
32 "Grita abobo, Atibon Legba/ Abobo Kataroulo, Valente Legba."

Sangra, sangra, sangra

cantaram os camponeses.

Durante todo o tempo, Délira mantinha-se ajoelhada ao lado de Bienaimé, com as mãos juntas na altura do rosto. Procurava Manuel com os olhos, mas ele, naquele momento, estava dentro da choupana tomando um copo de pinga com Laurélien e Lhérisson Célhomme.

– Ah, é preciso servir os velhos da Guiné, sim – dizia Laurélien.

– Nossa vida está entre as mãos deles – respondeu Lhérisson.

Manuel esvaziou o copo. O martelar rouco dos tambores sustentava a exaltação do canto.

– *Vamos*[33], vamos ver o que está acontecendo – disse ele.

O sangue do galo gotejava, ampliando um círculo vermelho no chão.

O *houngan*, as *hounsi*, Délira e Bienaimé mergulharam um dedo nele e traçaram na testa o sinal da cruz.

– Procurei você por todo lado – disse a velha com um tom de censura na voz.

Ele mal a ouviu: no torvelinho frenético, as *hounsi* dançavam cantando em torno do animal sacrificado e, de passagem, arrancavam-lhe as penas aos punhados, até o depenarem completamente.

Antoine recebeu a vítima das mãos do *houngan*. Já não era o *semidor* alegre, eriçado de malícia como um cacto de espinhos: cerimonioso e compenetrado de sua importância, agora representava Legba-de-velhos-ossos, encarregado de cozinhar, sem alho nem gordura de porco, o que já não era um galo comum, mas o *Koklo*[34] do loá,

---

33 Em espanhol no original.
34 Nome ritual do galo sacrificado.

investido desse nome ritual e da santidade que sua morte sagrada lhe conferia.

– Cuidado, compadre – ele disse a um camponês que lhe deu um esbarrão.

Calou-se na mesma hora, aterrado.

Pois aquele homem que saltava violentamente, com o rosto convulso, já não era Duperval Jean Louis, mas Ogoun[35], o temível loá, deus dos ferreiros e dos homens de sangue, e ele gritava com voz de trovão:

– Sou eu, sou eu, sou eu Negro Olicha Baguita Wanguita.

Dorméus aproximou-se dele, brandindo seu *asson*. Percorrido por fortes tremores, o possuído uivava:

– Sou eu, sou eu, sou eu Negro Batala, Negro Ashadé Bôkô.

Entre as mãos do *houngan*, o *asson* soava com seca autoridade:

– Papa Ogoun – disse Dorméus –, não seja impertinente; esse serviço não é para você, com todo o respeito. Dia vem, dia vai: sua vez vai chegar. Deixe-nos continuar essa cerimônia.

O possuído espumava, cambaleando violentamente para a direita, para a esquerda, fazendo recuar em torno dele o círculo dos camponeses.

– Não seja insistente – continuava Dorméus, mas já com menos segurança, porque não havia o que fazer. Ogoun teimava, não iria embora, reclamava sua parte na homenagem, e o La Place lhe apresentou seu sabre, que ele beijou, e as *hounsi* lhe amarraram um lenço vermelho em torno da cabeça, outros nos braços, e Dorméus desenhou no chão um *vêvê* para permitir que o loá entrasse. Trouxeram-lhe uma cadeira e ele se sentou, uma garrafa de

---

35 Foi mantida a grafia em francês para diferenciar Ogoun (divindade do vodu haitiano), de Ogum (orixá do candomblé brasileiro).

rum e ele bebeu aos grandes goles, um charuto e ele se pôs a fumar.

– Ah – disse –, o tal Manuel voltou. Onde está o Manuel?

– Estou aqui, sim – disse Manuel.

– Responda: sim, papa.

– Sim, papa.

– Parece que você é impertinente, não é?

– Não.

– Responda: não, papa.

O possuído levantou-se de um salto, empurrou brutalmente as *hounsi* e começou a dançar, cantando:

Bolada Kimalada, o Kimalada
N'a fouillé canal la, ago
N'a fouillé canal la, mouin dis: ago yé
Veine l'ouvri, sang couri
Veine l'ouvri, sang coulé, ho
Bolada Kimalada, o Kimalada.[36]

Ele se balançava para a frente e para trás, numa dança nagô, sozinho no meio dos camponeses transtornados, depois foi desacelerando aos sobressaltos, ainda ofegando, sempre tremendo, porém mais brandamente, pois o loá estava se afastando, e sob a máscara guerreira de Ogoun lentamente reapareceu o rosto aturdido de Duperval. Mais alguns passos incertos, mais alguns repelões espasmódicos da cabeça, e Duperval desmoronou: o loá tinha ido embora. Manuel, com ajuda de Dieuveille Riché, ergueu o homem e o levou para o lado. Ele estava pesado e insensível como um tronco de árvore.

---

36 Em crioulo no original: "Bolada Kimalada, o Kimalada/ Vai escavar o canal, cuidado/ Vai escavar o canal, eu digo: cuidado/ A veia está aberta, o sangue corre/ A veia está aberta, o sangue corre, ô/ Bolada Kimalada, o Kimalada".

– Bienaimé – disse Délira –, Bienaimé, meu homem. Não gosto do que Papa Ogoun cantou, não. Meu coração ficou pesado. Não sei o que está acontecendo.

Mas Dorméus continuava o serviço de Legba pela cerimônia do *asogwé*. Bienaimé, Délira e Manuel juntaram suas mãos em torno do saco e o apresentaram sucessivamente aos quatro pontos cardeais. O *houngan* fincou as penas do galo em torno do poste, traçou outros *vêvê*, acendeu uma vela no centro.

As bandeiras ondularam, o chamado surdo do tambor ressoou, precipitando o canto num novo ímpeto, as vozes das mulheres irromperam muito alto, fendendo a espessa massa coral:

Legba-si, Legba saigné, saigné
Abobo
Vaillant Legba
Les sept Legba Kataroulo
Vaillant Legba
Alegba-sé, c'est nous deux
Ago yé. [37]

Manuel abandonou-se à ressaca da dança, mas uma singular tristeza se introduzia em seu espírito. Encontrou o olhar da mãe e pareceu ver nele lágrimas brilharem.

O sacrifício de Legba tinha terminado; o Senhor dos caminhos retornara à sua Guiné natal pelas vias misteriosas pelas quais andam os loás.

No entanto, a festa continuava. Os camponeses esqueciam sua miséria: a dança e o álcool os anestesiavam, arrastavam e afogavam sua consciência naufragada

---

37 Em crioulo no original: "Legba-sim. Legba sangrou, sangrou/ Abobo/ Valente Legba/ Os sete Legba Kataroulo/ Valente Legba/ Alegba-sé, é nós dois/ Ago yé".

naquelas regiões irreais e turvas em que os espreitava a insensatez indomável dos deuses africanos.

E, ao chegar a aurora, os tambores ainda batiam sobre a insônia da planície como um coração inesgotável.

V

A vida recomeçava, mas não mudava: seguia o mesmo percurso, o mesmo rasto, com indiferença cruel. Estavam em pé desde madrugada; pelas rachaduras do céu escuro passavam e se espalhavam as primeiras e confusas claridades. Mais tarde, a linha do morro se desenhava, franjada por uma luz pálida. Assim que o sol tocava a mata, o suficiente para iluminar através das algarobas os caminhos entrecruzados, Manuel se ia. Abatia as árvores, construía na clareira a carvoeira sob a qual a madeira queimaria a fogo lento. Depois, tomava o caminho do morro. Voltava de seu percurso encharcado de suor e com as mãos cheias de terra. Délira lhe perguntava aonde fora, ele respondia com palavras que tomavam o desvio. Tinha aquele vinco obstinado no canto da boca.

Todo sábado, Délira carregava dois burros com o carvão e ia para a cidade. Voltava só depois que a noite caía, com algumas provisões miseráveis e um pouco de dinheiro. Sentava-se dentro da choupana, alquebrada, sob o peso de um imenso cansaço. Bienaimé reclamava seu tabaco e nunca o achava bastante forte.

Às vezes a velha contava seus dissabores. Os inspetores dos mercados, postados nas imediações da cidade, se lançavam sobre as camponesas e as roubavam sem piedade.

– Ele vem e me pede para pagar. Mostro que já tinha pagado. Ele se põe raivoso e começa a injuriar. Olha, você não tem vergonha, eu digo, olha meus cabelos brancos. Você não tem mãe, para me tratar desse jeito? Cala a boca, ele grita, e como grita, ou te levo presa por rebeldia e escândalo público. Fui obrigada a lhe dar dinheiro. Não, ele não tem consideração por nós, infelizes.

Manuel cerrava os punhos a ponto de estalarem.

– Bandido, negro vagabundo – esbravejava Bienaimé.

Um instante depois, ele dizia:

– Vai dormir, minha velha. Seus olhos estão fechando. Sua jornada foi longa.

Délira desenrolava sua esteira, estendia-a no chão. Apesar dos protestos de Manuel, ela exigia que o filho ocupasse, no outro cômodo, a cama de mogno.

... Às vezes, Antoine chegava no decorrer do dia. Acocorava-se ao lado de Bienaimé.

– Ah, *simidor*, *simidor* – dizia o velho –, que miséria é essa?

O *simidor* meneava a cabeça.

– Nunca se viu uma coisa dessas.

E acrescentava com voz abafada, olhando com tristeza para os campos queimados:

– Não me chame de *simidor*. Me chame de Antoine, é esse o meu nome. Sabe, compadre, quando você diz *simidor*, penso no tempo de antigamente. São lembranças amargas, amargas como fel.

... Às tardes, Manuel tecia no alpendre chapéus de palha de palmeira. Podiam ser vendidos por uns 30 centavos no povoado vizinho. A cerimônia vodu tinha devorado o pouco de dinheiro que ele trouxera de Cuba. Só Dorméus tinha custado 40 piastras.

Muitas vezes, Laurélien vinha vê-lo. Sentava-se no banco; suas mãos grandes e tortuosas feitas para manejar a enxada repousavam sobre seus joelhos; ele dizia em voz baixa:

– E essa água?

– Ainda não, ainda não – respondia Manuel. – Mas estou na pista dela.

Seus dedos hábeis iam e vinham enquanto seus pensamentos viajavam ao encontro de Annaïse. Várias vezes ele a tinha avistado no povoado. Ela sempre se desviara, afastando-se com aquela passada longa, indiferente e gingada.

Laurélien pediu de novo:

– Fale de Cuba.

– É um país cinco vezes, não, dez, não, talvez vinte vezes maior do que o Haiti. Mas, sabe, eu sou feito com isso, eu.

Ele tocava o chão, acariciava seu grão.

– Eu sou isto: esta terra, e a tenho no sangue. Veja minha cor: parece que a terra soltou tinta em mim e em você também. Esse país é o quinhão dos homens pretos, e todas as vezes que tentaram tirá-lo de nós, podamos a injustiça a golpes de facão.

– Sim, mas em Cuba existe mais riqueza, as pessoas vivem melhor. Aqui é preciso brigar pesado com a vida, e o que adianta? Não temos nem com que encher a barriga e não temos poder contra a maldade das autoridades. O juiz de paz, a polícia rural, os agrimensores, os especuladores de víveres vivem em cima de nós que nem pulgas. Passei um mês na prisão, com todo um bando de ladrões e assassinos, porque desci à cidade sem sapatos. E de onde eu poderia arrancar dinheiro, é o que pergunto, meu compadre? Então o que somos nós, nós camponeses, os negros-pé-no-chão, desprezados e maltratados?

– O que nós somos? Se é uma pergunta, vou responder: pois bem, somos esse país, e ele não é nada sem nós, absolutamente nada. Quem é que planta, quem é que rega, quem é que colhe? O café, o algodão, o arroz, a cana, o cacau, o milho, as bananas, os víveres e todos os frutos, se não somos nós, quem os faz nascer? E apesar disso somos pobres, é verdade, somos miseráveis, é verdade. Mas sabe por quê, irmão? Por causa da nossa ignorância; ainda não sabemos que somos uma força, uma força única: todos os camponeses, todos os negros das planícies e dos morros reunidos. Um dia, quando tivermos compreendido essa verdade, nós nos levantaremos de um extremo ao outro do país e faremos a assembleia geral dos senhores do orvalho, o grande *coumbite* dos trabalhadores da terra para desbastar a miséria e plantar a vida nova.

– Está dizendo palavras consequentes, sim – disse Laurélien.

Ele tinha se esbaforido para seguir Manuel. Um vinco marcava em sua fronte o esforço da meditação. No recanto mais inarticulado de seu espírito acostumado à lentidão e à paciência, lá onde as ideias de resignação e de submissão tinham se formado com uma rigidez tradicional e fatal, uma cortina de luz começava a se abrir. Ela iluminava uma súbita esperança, ainda obscura e distante, mas grande, certa e verdadeira como a fraternidade.

Ele cuspiu um jato de saliva entre os dentes.

– O que você está dizendo é claro como água corrente ao sol.

Estava em pé e suas mãos se fechavam como que para tentar impedir a fuga das palavras.

– Já vai?

– Sim, só estava passando antes de ir atrás dos animais. Vou pensar nas suas palavras; elas têm muito peso; têm sim. Então até logo, chefe.

– Por que está me chamando de chefe? – perguntou Manuel, surpreso.

Laurélien baixou a cabeça, pensativo.

– Eu mesmo não sei – disse.

E se foi com seu passo tranquilo e firme, e Manuel o seguiu com os olhos até que ele desaparecesse entre as árvores.

Um só clarão ofuscante abrasava a superfície do céu e da terra. Ouvia-se o arrulho lamentoso de uma rolinha. Não dava para saber de onde vinha. Rolava dentro do silêncio com notas oprimidas. O vento se acalmara, os campos deitavam-se aplastados sob o peso do sol, com sua terra sedenta, suas plantas abatidas e corroídas. Numa colina distante que dominava a extensão emaranhada das algarobas, as folhas das palmeiras pendiam, inertes, como asas quebradas.

Diante das choupanas, à sombra de algumas árvores poupadas pela seca, os camponeses contemplavam sua desgraça. Brigas explodiam sem motivo aparente, a tagarelice das mulheres azedava, facilmente se transformava em bate-boca. As crianças mantinham distância das bofetadas, mas sua prudência era inútil. Ouvia-se uma voz irritada que gritava:

– Philogène, ô! *Seu* Philogène, não está me ouvindo chamar?

E o outro se aproximava, com a morte na alma, e recebia sua prenda em pleno coco, e como ressoava.

É que as coisas iam ficando feias, a fome se fazia sentir por toda parte, o preço do brim aumentava na cidade, então, por mais que se consertassem as roupas, havia algumas em que o traseiro, com todo o respeito, aparecia pelos buracos da calça como um quarto de lua escura nos rasgos de uma nuvem, o que não era nada honroso, não, não dava para fazer de conta.

No domingo, na rinha de galos, a pinga, com canela, limão ou anis, subia depressa à cabeça dos camponeses, sobretudo dos perdedores, e houve casos em que as pauladas entraram na jogada; graças a Deus não passava disso, não chegava ao facão, felizmente, e alguns dias depois vinha a reconciliação, mas nada garantia que não se guardasse no fundo de si um resto de rancor tenaz...

– Manuel – disse Bienaimé –, e se você fosse ver onde foi parar a bezerra malhada, e se você fosse verificar?

Manuel largou o trabalho, pegou a corda que estava pendurada num prego, testou sua resistência.

– Amarre-a numa estaca, mas deixe um bom comprimento para ela não se enroscar.

– Por que não espera até ela crescer? – disse Délira. – Até parir um bezerro que depois podemos vender em vez dela?

– E do que vamos viver até lá? Vai chegar o tempo de comer nossos próprios dentes até a gengiva – replicou o velho.

Como as cercas dos terrenos a margeavam e a barreira da mata a fechava ao poente, a savana servia de cercado para os animais. Os camponeses tiravam das vacas um pouco de leite de má qualidade. Mas, geralmente, os animais viviam em liberdade selvagem e só eram capturados para serem marcados a ferro em brasa ou vendidos no mercado de Pont-Beudet, quando havia uma necessidade premente de ter algumas piastras na mão.

Uma espécie de gramínea curta e seca crescia ali em pequenos tufos, como o pelo ruim das verrugas e, a não ser sob a sombra dos raros paus-campeches, o sol exercia seu domínio sem limites. "Com a irrigação, vejo tudo isso cheio de capim-guiné", pensava Manuel.

Avistou a bezerra: destacava-se na savana com sua pelagem malhada de ruivo e branco. Ele fez um laço para pegá-la desprevenida, impedir sua fuga e empurrá-la contra a barreira de cactos-candelabros que margeava o campo de Saint-Julien.

Ela percebeu a manobra e começou a trotar para o largo. Manuel se precipitou com grandes passadas e a laçou em plena corrida. Ela o arrastou, mas ele se escorava firme, puxando a corda aos repelões, acalmando-a imperiosamente com a voz:

– Ô turbulenta, ô briguenta, ô minha vaca linda, ô.

Conseguiu lançar a ponta da corda em torno de um cepo. A bezerra se debatia, chifrando para todo lado, mas no fim foi obrigada a se dar por vencida. Manuel esperou um pouco, depois a levou até um pau-campeche e a amarrou à sombra. "Você vai mudar de dono", ele disse, afagando-lhe o focinho. "Vai deixar a savana. A vida é assim, o que fazer."

A bezerra olhou-o com seus grandes olhos lacrimejantes e mugiu. Manuel acariciou o lombo e os flancos com a palma da mão. "Parece que você não está muito gorda: é só apalpar que dá para sentir os ossos; não vai alcançar bom preço, não, com certeza."

O sol agora deslizava pelo declive do céu que, sob o vapor diluído e transparente das nuvens, adquiria a cor do anil na água com sabão. Mais adiante, por cima da mata, uma alta paliçada chamejante lançava flechas de enxofre na carne viva do poente.

Manuel voltou à estrada e atravessou o povoado. As choupanas alinhavam-se ao acaso das ruas, na desordem dos caminhos. Alguma coisa mais que as árvores, os jardins, as sebes as separavam. Uma cólera surda e contida, que uma faísca faria explodir em violência e que a miséria exacerbava, gerava em cada camponês a boca calada, o olhar evasivo, a mão sempre preparada contra o vizinho.

Para Dorisca e Sauveur, era como se o passado não tivesse sido enterrado havia anos. Eles o reavivavam incessantemente, como se reabre com a unha uma ferida mal fechada.

As mulheres eram as mais raivosas: verdadeiramente desenfreadas. É que eram as primeiras a saber que não havia nada para pôr no fogo, que os filhos choravam de fome, definhavam, com os membros magros e nodosos como madeira seca, a barriga enorme. Isso às vezes as fazia perder a cabeça e se xingarem, ocasionalmente, com palavras não permitidas. Mas as injúrias das mulheres não levam a consequências, é só barulho ao vento. O mais grave era o silêncio dos homens.

Manuel pensava em tudo isso, andando pelo povoado. Alguns ele cumprimentava: Adeus, irmão, ele dizia; oh, adeus, Manuel, dizia o outro. E essa coragem?, dizia Manuel. Lutando com a vida, dizia o outro. Mas alguns viravam as costas quando ele passava ou olhavam para a frente, atravessando-o como se ele fosse de fumaça.

No entanto, eles se conheciam. Acaso não eram Pierilis, Similien, Mauleón, Ismaël. Termonfis, Josaphat? Crescera com eles no meio daquelas matas, compartilhando brincadeiras, montando na savana armadilhas para as hortulanas, surrupiando juntos espigas de milho. Mais tarde tinham misturado nos *coumbites* suas vozes e suas forças de jovens negros fogosos. Ah, quando capinaram e limparam o terreno do irmão Mirville, mesmo tendo tomado pinga demais aquele dia, sim, ele se lembrava, e de tudo, não tinha esquecido nada.

Dava-lhe vontade de se adiantar e dizer: Ô primos, não estão me reconhecendo? Sou eu, Manuel, Manuel Joseph em pessoa, ele mesmo e ninguém mais.

Mas seus rostos eram como muralhas, escuros e sem luz.

Não, não havia justiça nem razão naquela história. Era preciso deixar os mortos descansarem na paz do cemitério debaixo das plumérias. Não tinham nada que fazer na existência dos vivos, aqueles espectros em plena luz do dia, fantasmas sangrentos e obstinados.

E depois, se ele encontrasse água, seria necessária a ajuda de todos. Não seria coisa pequena levá-la até a planície. Seria preciso organizar um grande *coumbite* de todos os camponeses e a água voltaria a uni-los, seu hálito fresco dispersaria o odor maligno do rancor e do ódio; a comunidade fraterna renasceria com as plantas novas, os campos cobertos de frutos e espigas, a terra farta de vida simples e fecunda.

Sim, iria encontrá-los e falaria com eles; eles tinham entendimento, compreenderiam.

Diante de sua porta, Hilarion, o agente de polícia rural, jogava três-sete com seu auxiliar.

Desviou os olhos de suas cartas e voltou-os para Manuel.

– Olá – ele disse –, estava mesmo precisando de você, espere um instante, tenho uma coisa para lhe dizer.

E para o adversário:

– Dez de ouros; me passa o teu ás.

– Eu não tenho ás.

– Passa esse ás – gritou Hilarion, ameaçador.

O auxiliar baixou o ás.

– Trapaceiro, você é um impertinente – Hilarion disse, triunfante.

Juntou as cartas num maço na palma da mão e virou-se para Manuel.

– Então você anda conversando com os camponeses, não é?

Manuel esperava.

– Anda tendo todo tipo de conversa, ao que parece – um clarão de maldade passou por seus olhos franzidos. – Pois bem, as autoridades não estão gostando, são conversas de rebelião.

Abriu suas cartas em leque:

– Depois não diga que não avisei.

Manuel sorriu:

– É só isso?

– Só isso – respondeu Hilarion, com a cabeça nas cartas. – Dez de paus, nove de paus, passa teu ás.

– Mas eu não tenho ás – gemeu o outro, desesperado.

– Passa esse ás, já.

O auxiliar baixou o ás de paus.

– Ah, macaco – comemorou Hilarion –, estava se achando à altura de jogar com Hilarion Hilaire. Vê se aprende, patife.

Sua gargalhada ainda ressoava quando Manuel se afastou. Não estava preocupado. Tinha falado muitas vezes com Laurélien, Saint-Julien, Riché e os outros. Com certeza eles não denunciaram, mas só discutiram e repetiram suas palavras, que foram chegar às orelhas peludas daquele Hilarion, como mosca que fica presa na teia de aranha. No fundo era bom sinal, estava se difundindo.

As crianças seguiam seu porte alto com olhares fascinados. Para elas, era o homem que tinha atravessado o mar, que tinha vivido em Cuba, aquele país estranho; tinha uma auréola de mistérios e lendas.

Manuel pegou uma pelo braço; era um negrinho bem escuro, de olhos redondos e lustrosos como bolinhas de gude. Acariciou seu crânio pelado como fundo de garrafa.

– Como é seu nome?

– É Monpremier, sim.

Mas uma voz de mulher gritou, irritada.

– Monpremier, venha cá.

O garoto saiu correndo para a choupana; na pressa, seus calcanhares martelavam os fundilhos nus.

Manuel foi embora com o coração inquieto. Deixou para trás as últimas choupanas. Os cardos dourados cobriam os taludes do caminho com seus sóis minúsculos. Um reflexo da luz oblíqua se arrastava pela planície, mas a sombra já se aninhava nas árvores, e manchas lilás estendiam-se nos flancos das colinas. O que na luz fora áspero e hostil se tranquilizava e se reconciliava com o fim do dia.

No prolongamento da estrada, ele a viu chegar. Reconheceu-a na mesma hora pelo vestido escuro, pelo lenço branco e porque ela era alta, porque só ela tinha aquele jeito puro e flexível de arremessar as pernas, aquele balanço suave dos quadris, e porque ele a esperava.

Andou lentamente ao encontro dela.

– Boa noite, sim, Annaïse.

Alguns passos os separavam.

– Saia do meu caminho.

Ela respirava forte: seu peito se erguia.

– Diga o que foi que te fiz e por que somos inimigos.

Ela desviava o rosto.

– Não tenho que te dar explicações. Estou com pressa; me deixa passar.

– Primeiro responda. Não quero ser violento, Annaïse. Tenho amizade por você. Acredite, é verdade.

Ela suspirou.

– Ai, meus amigos, que homem teimoso. Parece que não tem orelhas para ouvir. Eu disse para me deixar continuar meu caminho, sim.

Via-se que ela fazia um esforço para mostrar impaciência e desagrado.

– Procurei você por toda parte, mas você se escondia como se eu fosse o próprio lobisomem. Queria lhe falar, porque sei que pode me ajudar.

– Eu te ajudar, como assim? – ela disse, surpresa.

Pela primeira vez olhou para ele, e Manuel viu que em seus olhos não havia raiva, mas apenas uma grande tristeza.

– Vou lhe dizer, se quiser me ouvir.

– As pessoas vão nos ver – ela murmurou baixinho.

– Não vai chegar ninguém, e mesmo que chegue... Não está cansada, Annaïse, de todo esse ódio que há entre nós, a essa altura?

– Já é bem custoso viver assim, é verdade, ah, como a vida se tornou difícil, Manuel.

Ela se recompôs muito depressa:

– Me deixe, me deixe ir embora, pelo amor de Deus.

– Então você não esqueceu meu nome?

Ela respondeu com voz apagada:

– Por favor, não me atormente.

Ele tomou-lhe a mão. Ela quis tirá-la, mas não teve força.

– Parece muito trabalhadeira.

– Sim – ela disse, orgulhosa. – Minhas mãos estão gastas.

– Preciso ter uma longa conversa com você, sabe.

– Não vai dar tempo; a noite está chegando; veja.

O caminho ia se apagando, as árvores escureciam e se fundiam na sombra. O céu tinha somente uma claridade hesitante, sombria e distante. Apenas, no ponto mais baixo do horizonte, uma nuvem vermelha e escura se dissolvia na vertigem do crepúsculo.

– Tem medo de mim, Annaïse?

– Não sei – ela disse, num sopro oprimido.

– Amanhã, depois do meio-dia, à tarde, quando o sol estiver ao pé do morro, vou esperá-la na colina das latânias. Você vai?

– Não, não.

Sua voz era baixa e assustada.

– Anna – ele disse.

Ele sentiu a mão dela tremer na sua.

– Você vai, não é, Anna?

– Ah, você me atormenta, e é como se eu tivesse perdido meu anjo da guarda, por que está me atormentando, Manuel?

Ele viu seus olhos cheios de lágrimas e, entre os lábios que suplicavam, o brilho úmido de seus dentes.

Largou sua mão.

– A noite chegou, Anna, vá em paz, vá descansar, minha negra.

Ela já não estava ali, seus pés descalços, ao se afastarem, não faziam ruído.

Ele ainda disse:

– Vou te esperar, Anna.

VI

Debaixo das latânias havia uma impressão de frescor; um suspiro de vento apenas exalado resvalava sobre as folhas num longo murmúrio amarfanhado, e um pouco de luz prateada infundia-lhes um leve tremor, como uma cabeleira solta.

Na estrada, as camponesas conduziam seus burros cansados. Elas os incitavam com a voz, e o eco enfraquecido de seus gritos monótonos chegava até Manuel. Perdia-as de vista ao sabor de uma cortina de algarobas, mas elas reapareciam adiante; era dia de mercado, de onde voltavam, tendo ainda pela frente um longo trajeto. Àquela distância, ele não conseguia reconhecê-las, mas sabia que eram comadres de seu povoado, Fonds-Rouge, de Ravine Sèche, que ficava mais longe, no contraforte do morro Crochu, e das habitações dos planaltos de Bellevue, Mahotière e Boucan Corail.

Elas iam em fila quase ininterrupta, pela poeira levantada, e às vezes uma corria atrás de seu animal que se afastava e o fazia voltar à fila, com intenso reforço de maldições e chicotadas.

Separada das outras, vinha uma camponesa montada num cavalo alazão. O sangue de Manuel saltou-lhe para o coração com pulsações precipitadas e ardentes. Ela parou, virou várias vezes a cabeça para trás e enveredou por um atalho. "Ela está tomando o caminho do barranco, vai chegar ao desvio da colina." Aguçou os ouvidos e ouviu o ruído dos cascos nos seixos. Eram estalos hesitantes que se avolumavam em pisadas mais rápidas quando o cavalo chegava à areia. O terreno inclinava seu mato mirrado na direção ao barranco. "Vai passar por ali, entre aqueles olmos; vou sair e ela vai me ver." Agora ouvia o choque e o ricochetear seco, nos seixos, das pedras que rolavam pela descida. Ela emergiu do caminho cerrado. O cavalo esticava o pescoço e resfolegava com esforço. Ela usava um vestido de algodão florido e um chapelão de palha preso ao queixo por uma fita. *Eia!*, dizia, instigando o animal com o calcanhar: *eia!*

Manuel saiu do esconderijo e ela o avistou. Parou e, com um movimento ágil dos quadris, apeou da montaria.

O alazão espumava, seus flancos arquejavam, via-se que Annaïse o forçara a uma boa velocidade apesar das rochas e da subida. Conduziu-o pela rédea e o amarrou à forquilha de uma árvore.

Caminhou até ele com seu passo regular e ágil, tinha o peito alto e cheio e, sob a abertura do vestido, o nobre avanço de suas pernas movia a forma florescente do corpo jovem.

Fez uma reverência diante dele.

– Salve, Manuel.

– Salve, Anna.

Ela lhe tocou a mão estendida com a ponta dos dedos. Sob a sombra do chapéu, um lenço de seda azul cingia-lhe a testa. Argolas de prata brilhavam em suas orelhas.

– Então você veio.

– Vim, como você vê, mas não deveria ter vindo.

Ela baixou a cabeça e desviou o rosto.

– A noite toda relutei, a noite toda eu disse: não. Mas de manhã me vesti ao cantar do galo e fui ao povoado para ter um motivo para sair.

– E fez boa venda no mercado?

– Ah, Deus, não, irmão. Alguns punhados de milho, só isso.

Ficou em silêncio por um momento, depois:

– Manuel, ô!

– Estou ouvindo, sim, Anna.

– Sou uma negra séria, sabe. Nenhum rapaz nunca me tocou. Vim porque tenho certeza de que você não é abusado.

E perguntando a si mesma, pensativa:

– Por que tenho confiança em você, por que ouço suas palavras?

– A confiança é quase um mistério. É coisa que não se compra e que não tem preço; não dá para dizer: me vende confiança por tanto. É, por assim dizer, uma cumplicidade de coração com coração; vem com muita naturalidade e verdade, talvez com um olhar e o tom da voz, é o que basta para saber o que é verdade ou mentira. Desde o primeiro dia, está ouvindo, Anna, desde o primeiro dia vi que você não tinha falsidade, que em você tudo era claro e limpo como uma fonte, como a luz dos seus olhos.

– Não comece com galanteios, não adianta nada e não é necessário. Eu também, depois do nosso encontro na estrada, dizia comigo mesma: ele não é como os outros e parece sincero, mas que palavras ele diz, Jesus Maria José, é muito sábio para o entendimento de uma infeliz como eu.

– Não comece com elogios, não adianta nada e não é necessário.

Os dois riram. O riso de Annaïse rolava em sua garganta inclinada para trás e seus dentes se molhavam com uma brancura rutilante.

– Você ri como a rolinha – disse Manuel.

– E vou levantar voo como ela, se você continuar com esses elogios.

Seu rosto negro se iluminou com um belo sorriso.

– Não quer se sentar? Aqui não vai sujar seu vestido.

Ela se sentou a seu lado, apoiada no tronco de uma latânia, com o vestido esparramado ao seu redor e as mãos juntas sobre os joelhos.

A planície estendia-se diante deles, cercada pelas colinas. Dali avistavam o emaranhado das algarobas, as choupanas distribuídas em suas clareiras, os campos abandonados aos estragos da seca e, na reverberação da savana, o movimento disperso dos animais. Sobre aquela desolação pairava o voo dos corvos. Repetiam os mesmos circuitos, empoleiravam-se nos cactos e, alertados por sabe-se lá o quê, esfolavam o silêncio com seu grasnido áspero.

– Qual é a grande conversa que você precisava ter comigo, e quero muito saber como eu, Annaïse, poderia ajudar um homem como você?

Manuel ficou por um momento sem responder. Olhava para a frente, com expressão tensa e distante.

– Veja a cor da planície – ele disse –, parece palha na boca de um forno aceso. A colheita morreu, já não há esperança. Como vocês vivem? Seria um milagre se vivessem, mas vocês estão é morrendo lentamente. O que fazem contra isso? Só uma coisa: gritam sua miséria para os loás, oferecem cerimônias para que eles façam a chuva cair. Mas tudo isso são bobagens e macaquices. Não importa, é inútil e é desperdício.

– Então o que é que importa, Manuel? E você não tem medo de desrespeitar os velhos da Guiné?

– Não, tenho consideração pelos costumes dos antigos, mas o sangue de um galo ou de um cabrito não pode alterar as estações, mudar o curso das nuvens e enchê-las de água como bexigas. Na outra noite, naquele serviço de Legba, dancei e cantei até me fartar; eu sou negro, não é? E me regozijei, como negro verídico. Quando os tambores batem, a reação me vem na boca do estômago, sinto uma comichão nos rins e um calafrio nas pernas, preciso entrar na roda. Mas é só isso.

– Foi de Cuba que você trouxe essas ideias?

– A experiência é a bengala dos cegos, e aprendi que o que importa, já que você perguntou, é a rebelião e o conhecimento de que o homem é o padeiro da vida.

– Ah, nós, é a vida que nos põe na fôrma.

– Porque vocês são uma massa resignada, é isso que vocês são.

– Mas o que podemos fazer se não temos recurso nem remédio contra a desgraça? É a fatalidade, ora.

– Não, enquanto não tivermos os braços amputados e tivermos vontade de lutar contra a adversidade. O que você diria, Anna, se a planície se colorisse de novo, se na savana o capim-guiné crescesse como um rio na enchente?

– Diria obrigada pelo consolo.

– O que diria se o milho crescesse na aragem?

– Diria obrigada pela bênção.

– Está vendo os cachos do painço e os melros predadores que é preciso enxotar? Está vendo as espigas?

Ela fechou os olhos:

– Sim, estou vendo.

– Está vendo as bananeiras curvadas sob o peso das pencas?

– Sim.

– Está vendo os víveres e os frutos maduros?

– Sim, sim.

– Está vendo a riqueza?

Ela abriu os olhos.

– Você me fez sonhar. Estou vendo a pobreza.

– No entanto é o que seria, Anna, se houvesse o quê?

– Chuva, mas não só um chuvisquinho: chuvas grandes, chuvas grossas e persistentes.

– Ou irrigação, não é mesmo?

– Mas a fonte Fanchon está seca e a fonte Lauriers também.

– Suponha, Anna, suponha que eu descubra água, suponha que eu a traga até a planície.

Ela ergueu para Manuel um olhar deslumbrado:

– Você faria isso, Manuel?

Ela se detinha em cada um dos seus traços com intensidade extraordinária, como se, lentamente, ele lhe fosse revelado, como se o reconhecesse pela primeira vez.

Disse com a voz abafada pela emoção:

– Sim, você o fará. Será o negro que encontrará água, será o senhor das fontes, andará no seu orvalho e no meio das suas plantas. Sinto sua força e sua verdade.

– Não só eu, Anna. Todos os camponeses terão sua parte, todos desfrutarão dos benefícios da água.

Ela largou os braços, desanimada.

– Ai, Manuel, ai, irmão, eles afiam os dentes com ameaças o dia inteiro; um detesta o outro, a família está em desacordo, os amigos de ontem são os inimigos de hoje; tomaram dois cadáveres por bandeira, há sangue sobre esses mortos e o sangue ainda não secou.

– Eu sei, Anna, mas ouça bem: levar água até Fonds-Rouge será um trabalho enorme, todo mundo vai ter de ajudar e se não houver reconciliação não será possível.

"Vou te contar uma coisa: no começo, em Cuba, não tínhamos defesa nem resistência; este se achava branco, aquele era negro e havia muito desentendimento entre nós; éramos dispersos como areia e os patrões andavam sobre essa areia. Mas, quando reconhecemos que éramos todos semelhantes, quando nos juntamos para a *huelga*..."

– Que palavra é essa, *huelga*?

– Aqui vocês dizem greve.

– Também não sei o que quer dizer isso.

Manuel lhe mostrou a mão aberta:

– Veja este dedo como é magro, e este tão fraco, este outro não é melhor, e este infeliz também não é muito forte, e este último sozinho fica à sua própria sorte.

Ele cerrou o punho:

– E, agora, está sólido, bem compacto, bem concentrado? Parece que sim, não é? Pois bem, a greve é isso:

um NÃO de milhares de vozes que são uma só, caindo sobre a mesa do patrão com o peso de uma rocha. Não, estou dizendo: não é não. Não ao trabalho, não à *zafra*, nenhum raminho de capim cortado se você não nos pagar o preço justo pela coragem e pelo trabalho de nossos braços. E o patrão, o que pode fazer o patrão? Chamar a polícia. É isso. Porque os dois são cúmplices, como a pele e a camisa. E atire nesses bandidos. Não somos bandidos, somos trabalhadores, proletários, é esse o nome, e permanecemos em filas obstinadas debaixo da tormenta; alguns tombam, mas o resto aguenta firme, apesar da fome, da polícia, da prisão, e enquanto isso a cana espera e apodrece no pé, o engenho central espera com as engrenagens inativas de seus moinhos, o patrão espera com seus cálculos e tudo o que ele tinha previsto para encher seus bolsos e, no fim de tudo, é obrigado a compor: então, ele diz, não podemos conversar? Claro que podemos conversar. Ganhamos a batalha. E por quê? Porque estamos unidos, ombro a ombro, como uma fileira de montanhas, e quando a vontade do homem se torna alta e dura como as montanhas não há força na terra ou no inferno que a abale e a destrua.

Olhou ao longe, para a planície, para o céu erguido como uma falésia de luz:

– Sabe, a coisa mais importante do mundo é os homens serem todos irmãos, terem o mesmo peso na balança da miséria e da injustiça.

Ela disse humildemente:

– E eu, qual é meu papel?

– Aviso quando eu desenterrar a água, e você começa a falar com as mulheres. Mulher é mais irritadiça, não digo que não, mas também é mais sensível e mais voltada para o lado do coração, e às vezes, sabe, o coração e a razão são iguais. Você diz: Prima Fulana, já soube da novidade? Que novidade?, ela responde. Estão dizendo que o filho de

Bienaimé, aquele negro chamado Manuel, descobriu uma fonte. Mas ele disse que é uma trabalheira transportá-la até a planície, que seria preciso fazer um *coumbite* geral, e, como estamos de mal, isso não é possível, a água vai ficar onde está e ninguém vai tirar proveito. E depois você leva a conversa para o lado da seca, da miséria, e como as crianças estão enfraquecendo e adoecendo e que, seja como for, se houvesse irrigação tudo seria completamente diferente; e, se tudo indicar que ela te deu ouvidos, diga também que talvez já tenha passado o tempo dessa história de Dorisca e Sauveur, que o interesse dos vivos deve passar à frente da vingança dos mortos. Você faz a ronda das comadres com essas palavras, mas com precaução e prudência, vá com: "é pena, sim; e no entanto; talvez, apesar de tudo...". Entendeu, minha negra?

– Entendi e vou te obedecer, meu negro.

– Se essa história pegar, as mulheres não vão dar sossego a seus homens. Os mais recalcitrantes vão se cansar de ouvi-las tagarelar todo santo dia, sem contar a noite: água, água, água... Vai ser uma zoeira de guizos tocando o tempo todo nas orelhas deles: água, água, água... Até que seus olhos vejam de verdade a água correr nos terrenos, as plantas crescerem sozinhas, então eles dirão: Tudo bem, mulheres, sim, consentimos.

"Quanto a mim, me responsabilizo pelos meus camponeses, falarei com eles como convém, e eles aceitarão, estou seguro e certo. E estou vendo chegar o dia em que as duas partes estarão frente a frente:

"'Então, irmãos', dirão uns, 'somos irmãos?'

"'Sim, somos irmãos', dirão os outros.

"'Sem rancor?'

"'Sem rancor.'

"'Está tudo bem?'

"'Está tudo bem.'

"'Avante para o *coumbite*?'

"'Avante para o *coumbite*.'"

– Ah – disse ela, com um sorriso maravilhado –, como você é esperto. Eu não tenho inteligência, mas também sou manhosa, sim; você vai ver.

– Você? Você tem muita inteligência, e aqui está a prova: responda a essa pergunta, é uma adivinha.

Ele estendeu a mão, mostrando a planície:

– Está vendo minha choupana? *Bueno*. Agora me siga para a esquerda, trace uma linha reta do morro até aquele lugar na orla da mata. *Bueno*. Belo lugar, não é? Poderíamos construir uma choupana ali, com uma balaustrada, duas portas e duas janelas, e talvez também uma escadinha, não? As portas, as janelas, as balaustradas, vejo pintadas de azul. Tem uma aparência limpa, o azul. E na frente da choupana, se plantássemos loureiros, não são muito úteis, os loureiros, não dão sombra nem frutos, mas seria só pelo prazer do enfeite.

Ele passou o braço em torno de seus ombros e ela estremeceu.

– Quem seria a dona da choupana?

– Solte-me – disse ela com voz embargada –, estou com calor.

– Quem seria a dona do terreno?

– Solte-me, solte-me, estou com frio.

Ela se desvencilhou do abraço e se levantou. Estava cabisbaixa, não olhava para ele.

– Está na minha hora de ir embora.

– Você não respondeu à minha pergunta, não.

Ela foi descendo o declive e ele a seguiu. Ela desamarrou a rédea do cavalo.

– Não respondeu à minha pergunta.

Ela se voltou para Manuel.

Uma luz iluminou seu rosto, não era um raio de sol poente, era a grande alegria.

– Oh, Manuel.

Ele continuava abraçando a quente e profunda doçura de seu corpo.

– É sim, Anna?

– É sim, querido. Mas deixe-me ir, por favor.

Ele ouviu seu pedido e ela deslizou de seus braços.

– Então até logo, meu mestre – ela disse, com uma reverência.

– Até logo, Anna.

Com um impulso desenvolto, ela saltou sobre a montaria. Sorriu para ele uma última vez, depois, esporeando o cavalo com o calcanhar, desceu de volta ao barranco.

VII

Perto de Fonds-Rouge, a noite começou a envolvê-la, mas o alazão, que já o tinha feito tantas vezes àquela hora, conhecia o caminho. Sua cadência regular embalava os pensamentos de Annaïse: ainda estava perturbada pelo langor que a tomara, pela surpresa deslumbrante de sua carne, pela deriva rodopiante das árvores e do céu diante de seu olhar desnorteado e que, se sua vontade não se tivesse agarrado a um pânico obscuro, a teria deixado vencida e derrubada entre os braços de Manuel.

"Ela tinha perdido a alma, ah, Deus bom Deus, que sortilégio era aquele? Certos malditos, faço o sinal da cruz, proteja-me, Virgem da Alta Graça, conhecem os feitiços que transformam um homem em animal, em planta ou em pedra, num instante do tempo, é verdade, sim. E já não sou a mesma, o que me aconteceu, é uma doçura que quase dói, é um calor que queima como gelo, estou cedendo, esmorecendo: Ó Senhor da Água, não há magia ruim em você, mas você conhece todas as fontes, mesmo a que dormia no segredo de minha vergonha, você a despertou e ela está me levando, não consigo resistir, Deus, estou aqui. Você tomará minha mão e eu o seguirei, tomará meu corpo nos braços e eu direi: me tome e farei seu prazer e sua vontade, é o destino."

O cavalo empacou de repente. Alguém ou alguma coisa acabava de pular na estrada.

– Quem está aí? – ela gritou, alarmada.

Ouviu-se uma risadinha áspera.

– Boa noite, prima.

– Quem está aí? Como é seu nome?

– Não me reconhece?

– Como quer que eu o reconheça nessa escuridão?

– Sou eu, Gervilen.

Ele andava a seu lado, uma sombra atarracada, mal se distinguindo da noite, e ela sentiu uma vaga ameaça em sua presença.

– Então você se demorou no povoado?

– Sim, o milho não estava vendendo, e não sei o que deu nesse cavalo, que hoje está tão rebelde.

– E você não tem medo de voltar depois do pôr do sol?

– Não, nessa estrada não há malfeitores.

– Os assaltantes de estrada não são o maior perigo.

E com a mesma risada sinistra:

– O principal são os maus espíritos, os demônios, os diabos, todos os tipos de lucíferes.

– Peço perdão a Deus, São Tiago, São Miguel, me ajudem – ela murmurou, assustada.

– Está com medo?

– Meu sangue esfriou todo.

Gervilen calou-se por um momento e naquele silêncio Annaïse sentia uma angústia insuportável.

– Dizem que por aqui tem um.

– E para que lado?

– Quer saber?

– Oh, diga logo.

Ele assobiou entre os dentes:

– Na colina das latânias.

Ela entendeu na mesma hora. Gervilen os tinha surpreendido, aquele maldoso, aquele judas.

Ela disse com fingida indiferença:

– Talvez seja verdade.

– E, de todo modo, você não passa por lá, não é? Não é seu caminho.

– Não.

– É mentira.

Ele puxou a rédea com tanta violência que o alazão empinou e golpeou o ar com os cascos.

Ele tinha gritado, mas sua voz parou no fundo da garganta, rouca e inflada de fúria. Ela sentiu um hálito com fedor de pinga.

– É mentira, sem-vergonha. Vi vocês com meus próprios olhos.

– Larga essa rédea, você está bêbado.

– Bêbado? Vai querer dizer que não vi que ele pôs as patas em você e você não fez nada para impedir?

– Ainda que fosse verdade. Com que direito você se mete nos meus assuntos? Que autoridade tem sobre mim?

– Tem a ver comigo, puxa vida. Somos da mesma família: por acaso Rosanna não é irmã da finada Miranise, minha mãe?

– Você está cheirando a tafiá – ela disse com nojo. – Está me embrulhando o estômago.

– Você é desdenhosa, mas está se comportando como uma rameira. E com quem? Com um imprestável, que vagabundeou por terras estrangeiras como cachorro sem dono, o filho de Bienaimé, sobrinho de Sauveur, quer dizer, o maior inimigo entre os inimigos.

Ele falava com uma veemência mordaz, mas em voz baixa, como se a noite estivesse na escuta.

Iam ao encontro de luzes vacilantes. Cães puseram-se a latir. Nos quintais, as sombras dos camponeses moviam-se em torno das cozinhas ao ar livre.

– Annaïse, ô?

Ela não respondeu.

– Estou falando com você, sim, Annaïse.

– Não chega de me insultar?

– É que eu estava com raiva.

– Então está pedindo desculpa?

Ele murmurou, como se cada palavra lhe fosse arrancada com tenazes.

– Estou pedindo desculpa.

Ele continuava segurando o cavalo pela rédea.

– Annaïse, esqueceu o que eu disse outro dia?

– Quanto a isso, nunca.

– É sua última palavra?

– A última.

– Não preciso mandar Dorismé, meu tio, te pedir para Rosanna?

– Não, é inútil.

Ele disse lentamente e com um esforço rouco, como se fosse sufocar:

– Vai se arrepender, Annaïse. Juro: que um raio me reduza a cinzas e a Virgem me fure os olhos se eu não me vingar.

Ela adivinhou na escuridão seu rosto em convulsão.

– Não tenho medo de você.

Mas a aflição invadiu seu coração.

– Sou homem de palavra. Guarde bem o que estou dizendo: aquele negro vai se arrepender de ter cruzado o caminho de Gervilen Gervilis. Azar dele.

– O que pretende fazer?

– Azar dele, estou dizendo. Um dia você vai compreender essa frase e morder os punhos até os ossos. Eia – ele gritou bruscamente para o cavalo, dando-lhe uma palmada raivosa na garupa.

O alazão saiu galopando e Annaïse teve dificuldade para controlá-lo.

Quando chegou em casa, Rosanna a esperava. Era uma negra corpulenta: ocupava todo o vão da porta.

– Por que chegou tão tarde?

Annaïse apeou do cavalo e Gille, seu irmão, adiantou-se para desarreá-lo.

– Estou falando com essa menina, será que ela não me ouve? – disse Rosanna com raiva.

– Boa noite, irmã – disse Gille –, queremos saber por que chegou tarde.

– Ah – ela gemeu, no fim das forças –, se soubessem como estou cansada.

VIII

– Você está preocupado, pensa que não vejo, sim, eu vejo, pergunto por que e você não responde, isso não está certo, meu filho, não, não está certo. Será que não confia? Desde pequeno você era assim: esquivo e fechado como uma muralha quando queríamos nos aproximar, mas às vezes, ah, Deus, parece que foi ontem, mas passou todo esse tempo, você chegava perto de mim à noite: mãe, conta aquela história, e eu fazia de conta que estava ocupada; e você dizia: mãe, por favor; nós sentávamos neste mesmo lugar, era noite escura, e eu começava: Cric? Crac, e no fim você dormia com a cabeça no meu colo, era assim, meu filho, é sua velha mãe que está dizendo.

Délira pôs um pedaço de inhame no prato de Manuel, era só o que havia para comer no dia, com um pouco de sorgo.

– Está delirando, minha mulher – disse Bienaimé.

– Pode ser, pode ser que eu esteja delirando. É que o tempo passado e o tempo presente não são muito diferentes; não fique bravo, Manuel, se a velha está ruim da cabeça: para mim, sabe, você continua sendo sempre meu menininho, e, quando estava sumido no estrangeiro e eu te esperava, eu sentia um peso do lado do coração, como se ainda te carregasse no ventre, era toda a carga da tristeza, ah, Manuel, que tristeza, e agora você voltou e não estou tranquila, não, e há algumas noites tenho tido sonhos maus.

Manuel comia em silêncio. A mãe, sentada a seus pés num banquinho, observava-o com os olhos banhados de tristeza.

– Não tenho nada, mãe. Não estou doente, não é mesmo? Não se atormente.

– Claro que não está doente – interveio Bienaimé. – Alguém já viu negro mais forte? Délira, deixe-o em paz, afinal! E se eu também quisesse falar? Eu diria: quem foi que o ensinou a lidar com a enxada e a foice, a capinar, a plantar e até a fazer alçapão para pegar passarinho? Não acabaria nunca.

Ele acendeu o cachimbo com um tição.

– Terminou de comer? – pergunta Délira.

– Sim, estou cheio até aqui.

Era mentira; estava com um buraco no estômago de tanta fome, mas a velha ainda não tinha posto nada na boca e já não restava grande coisa na panela.

Como sempre, arrastou a cadeira até a cabaceira e a posicionou de frente para a estrada. O sol rastejava a seus pés, mas estava com a cabeça no frescor da sombra.

Délira tocou, humilde, o braço de Manuel.

– Desculpe, meu filho, eu peço: me desculpe por todas essas queixas. Elas não têm motivo, mas me preocupei tanto com você que minha cabeça continua trabalhando à toa, girando, girando, girando: é um verdadeiro moinho de inquietações. Quando você sai para correr nesses morros – o que está procurando? É um mistério – eu te vejo desaparecer por trás das algarobas e de repente meu coração para: e se ele não voltar, se for embora para sempre? Sei que não é possível, mas rezo para meus anjos e meus santos como se houvesse um perigo em cima da cabeça, e à noite acordo e abro a porta do teu quarto e te vejo deitado: está dormindo, respirando, ele está aqui, obrigada, Virgem dos Milagres.

"É que, meu filho, você é meu único bem nesta terra, com meu velho, mesmo ele sendo tão desagradável, pobre Bienaimé."

Manuel acariciou a mão dela. Estava profundamente comovido.

– Não sofra por mim, está ouvindo, mãe? Logo vou te contar uma grande novidade, ouviu, querida? Pareço preocupado porque todos os dias espero acontecer e estou impaciente.

– Que notícia, acontecer o quê, do que está falando, Manuel?

– É muito cedo para dizer. Mas vai ser uma alegria, você vai ver.

Délira olhou para ele, perplexa, depois um sorriso terno apagou o que ainda havia de ansiedade em seu rosto:

– Escolheu alguma moça? Ai, Manuel, está na hora de você se estabelecer, e com uma negra séria e trabalhadeira, não uma dessas rameiras do povoado. Quantas vezes disse a mim mesma: não tenho muito mais tempo de vida, será que vou morrer sem ver os filhos do meu filho? Diga o nome dela, pois eu adivinhei, não é? Espere: é Marielle, não é? Ou então Céline, filha da comadre Clairemise, ela também é honesta.

– Nem uma nem outra, mãe, e não é essa a notícia. Quer dizer...

– Quer dizer?

– Talvez seja isso também e com certeza é: as duas coisas estão ligadas como a trepadeira e o galho, mas não me pergunte, mãe; com todo o respeito que lhe devo, ainda é segredo, por causa de certas circunstâncias.

– Estou vendo que você esconde segredos da sua própria mãe.

Estava decepcionada e um pouco mortificada.

– E como é essa moça; pelo menos não é uma dessas pretensiosas?

– É uma negra que não tem igual em todo o país.

– De que cor ela é? É preta-preta ou, digamos, meio avermelhada?

– Preta-preta. Mas você vai me perguntar se ela tem olhos grandes ou não, o nariz assim ou assado e ainda qual a altura dela, se é gorda ou magra, se é uma negra de tranças longas ou de cabelo curto, e então vai ter o retrato dela como se estivesse diante de você – ele riu. – Ah, mãe, você é esperta, sim.

– Tudo bem, tudo bem – disse Délira, fingindo estar zangada –, vou dizer uma coisa: cala-te boca, não quero saber de nada, não vou me meter em nada. Vá-se embora, meu senhor, tenho que lavar os pratos.

Mas via-se que estava intrigada e encantada com a história. Manuel abraçou-a pelo pescoço e os dois deram risada; a risada de Délira era espantosamente jovem, é que ela não costumava rir com frequência, a vida não era tão alegre assim: não, nunca tivera ocasião de usar muito sua risada, que ela conservara viçosa como o canto de um passarinho num ninho velho.

– Não parecem namorados? – exclamou Bienaimé.

Seus braços erguidos tomavam o céu por testemunha.

– Há pouco ela estava gemendo e agora dá risada. Que palhaçada é essa, meus amigos? As mulheres são instáveis como o tempo. Mas esse provérbio não é verdadeiro, porque bem que eu gostaria, eu, que caísse uma boa chuva depois de toda essa seca.

Ele tragou o cachimbo.

– Uma estação amaldiçoada como esta nunca vi igual.

O céu tingido de ardósia oferecia uma superfície nua embaçada por um duro raiar do sol. As galinhas, abatidas, procuravam a sombra. O cãozinho dormia com a cabeça entre as patas. Dava para contar seus ossos: se os cristãos vivos já não tinham quase nada para comer, o que dizer dos cães.

Bienaimé fechou os olhos, ainda segurava o cachimbo apagado, mas sua cabeça inclinava-se para o lado; caía naquele sono que agora o tomava a qualquer hora do dia, e com frequência repetia o mesmo sonho: um campo de milho que se estendia ao infinito, as folhas encharcadas de orvalho, as espigas tão inchadas que forçavam seus invólucros deixando à mostra fileiras de grãos que pareciam sorrir.

Délira, por sua vez, lavava os pratos. E cantava, era uma canção semelhante à vida, isto é, triste: ela não conhecia outra. Não cantava alto e era uma canção sem palavras, à boca fechada, que ficava na garganta como um gemido, e no entanto seu coração estava mais tranquilo depois da conversa com Manuel, só que ela não sabia outra linguagem a não ser aquele lamento doloroso, então, o que fazer?, cantava à maneira das negras; foi a existência que as ensinou, as negras, a cantar como se abafa um soluço e é uma canção que sempre termina por um recomeço, pois é à imagem da miséria, e, diga-se, acaso tem fim a miséria? Se Manuel ouvisse seus pensamentos, ralharia com ela; Manuel vê as coisas a uma luz de alegria, uma luz vermelha; ele diz que a vida é feita para que os homens, todos os negros, tenham satisfação e agrado; talvez tenha razão; virá um dia que trará essa verdade, mas enquanto isso a vida é um castigo, é isso que a vida é.

Por um tempo tudo pareceu adormecido e só o canto embalava o silêncio, que é o sono do barulho.

Mas a voz agitada do *simidor* despertou Bienaimé.

– Bienaimé, ô Bienaimé, trago novidades – ele disse.

O velho bocejou, esfregou os olhos, sacudiu as cinzas do cachimbo.

– Lá vem você me contar lorotas. Se suas pernas andassem tão depressa quanto sua língua, você iria daqui a Porto Príncipe num piscar de olhos.

– Não, o que vou dizer é a verdade do bom Deus: Saint-Julien foi embora e o compadre Loctama também.

– Tudo bem, eles vão voltar. O cavalo sabe quanto mede a corda.

– Mas eles foram embora de verdade. Erzulie, a senhora de Saint-Julien, está dizendo que eles vão atravessar a fronteira pelo lado de Grand-Bois para tentar arranjar trabalho em Dominicanie[38]. A infeliz só grita e se lamenta. Logo não vai sobrar mais nenhum bocado de água no corpo dela. Saint-Julien a deixou com seis negrinhos de pouca idade. O que fazer?, essa seca é desanimadora e muitos não se resignam a morrer; preferem deixar a terra dos antigos para tentar fazer a vida em país estrangeiro. E Charitée, filha da comadre Sylvina, também foi embora.

– Não me diga!

– Sim, é isso mesmo, e outros com certeza vão atrás. Ela foi para a cidade. Sabe como ela vai terminar? No pecado e com doença ruim. Mas melhor feio do que morto, diz o provérbio. E todos nós vamos morrer, se continuar assim. E eu não peço outra coisa: estou velho, já cumpri meu tempo. E para que viver se já não posso pôr meu tambor a tiracolo e conduzir o *coumbite* cantando e depois beber minha cota de pinga? Nasci para isso, com dedos que parecem baquetas e no lugar do cérebro uma ninhada de pássaros cantadores. Então, pergunto, por que ainda estou vivo. Minha função acabou.

Tinha bebido um pouco, o *simidor*, e agora estava com bebedeira amarga.

– Jesus-Virgem Maria – suspirou Délira. – Se os jovens vão embora, então quem há de enterrar nossos velhos ossos para que no dia do Juízo eles estejam reunidos entre Satã e o Pai Eterno?

– Não me irrite, Délira – esbravejou Bienaimé. – E o bom Deus vai se cansar de ouvir você vira e mexe falar o nome dele.

Voltou-se para Antoine.

– Precisamos impedi-los de ir embora. Essa terra nos alimentou por gerações. Ela ainda é boa, só precisa de um

---

38 República Dominicana, como é chamada pelos haitianos.

pouco de água. Diga a eles que a chuva virá, para terem um pouco de paciência. Não, eu mesmo vou falar com eles.

Sabe-se lá se os camponeses dariam ouvidos a Bienaimé. Estavam fartos de miséria, não aguentavam mais. Os mais razoáveis perdiam a cabeça, os mais fortes se dobravam. Quanto aos fracos, abandonavam-se, que aconteça o que tiver de acontecer, diziam. Eram vistos deitados, abatidos e silenciosos, em suas esteiras diante das choupanas, ruminando sua falta de sorte, sem nenhuma vontade. Outros gastavam seus últimos centavos comprando pinga de Florentine, mulher do agente de polícia rural, ou compravam a crédito aquilo que mais cedo ou mais tarde lhes pregaria uma peça. O álcool lhes dava impressão de vigor, uma breve ilusão de esperança, um esquecimento temporário. Mas despertavam com a cabeça tumultuosa, a boca seca; a vida adquiria gosto de vômito e eles não tinham sequer um pedaço de carne salgada para recompor o estômago.

Fonds-Rouge estava aos cacos, e esses cacos eram os bons camponeses, negros responsáveis e de muita coragem com a terra, não era uma pena, afinal?

– Manuel, onde está esse Manuel? – gritou Bienaimé.

– Ele saiu – respondeu Délira.

– Sempre saindo, sempre fora, sempre correndo pelos morros. Um verdadeiro negro marrom[39] esse seu filho, Délira.

– É seu filho também, Bienaimé.

– Não me contrarie. Essas tendências ele deve ter puxado do seu lado.

– Sim, porque você é perfeito.

– Isso eu não digo, seria pretensão.

---

39 Como eram chamados os escravizados fugitivos que se escondiam nos morros.

– Certas pessoas – disse o *simidor* – têm o traseiro leve como pipa, não param no lugar, não é culpa delas.

Mas Délira estava zangada. Quando isso acontecia, e era raro, ela retesava o corpo descarnado, parecia muito alta; não levantava a voz, que continuava calma e pausada, mas as palavras se tornavam cortantes:

– É isso: fui uma vagabunda, não trabalhei por você todos os dias da minha existência do nascer do sol à noite escura. Não fiz outra coisa além de rir e dançar. A miséria não amarfanhou meu rosto, veja minhas rugas, a miséria não me esfolou, veja minhas mãos, a miséria não me fez sangrar, se pelo menos você pudesse enxergar dentro do meu coração.

"Quanto a você, é um negro sem defeitos, um negro sem igual, um negro incomparável. Obrigada, meu Deus, por uma pessoa de tão pouco mérito ser mulher de um homem como ele."

– Tudo bem, chega, estou dizendo: chega, mulher, chega para os meus ouvidos. Compadre Antoine, vamos ver o que está acontecendo.

Délira, vendo os dois se afastarem, balançou a cabeça e sorriu; sua raiva tinha passado.

– Ah, Bienaimé, ah, meu pobre negro – ela murmurou.

Seu pensamento imediatamente voltou para Manuel: "O que ele pode estar procurando nesses morros? Será um tesouro?". A ideia lhe veio de repente: "Os brancos franceses moraram por aqui, ainda se viam aqui e ali as marcas de suas anileiras. E não é que diziam que um camponês de Boucan Corail tinha encontrado por acaso, cavoucando o terreno, um jarro cheio de moedas de prata? Como se chamava mesmo aquele camponês? Ah, ora, esqueci, mas não importa, era tudo verdade e Bienaimé tinha visto uma daquelas moedas *carolus*, era deste tamanho e pesada: um italiano da cidade tinha ficado com tudo por um bom preço, e aquele camponês, mas afinal como era o nome dele? Ciriaque, isso: Ciriaque tinha comprado terras para os lados de Mirebalais, tornando-se um grande proprietário.

"Mas dizem que para encontrar um tesouro é preciso fazer compromisso com o diabo. Manuel não é capaz disso; disso eu tenho certeza."

... Aquele platô de Chambrun onde Manuel estava elevava-se no meio de uma planície que o isolava, como uma ilha, do movimento das colinas à sua volta. Dali, a vista alcançava toda a região ao redor: no levante, aquele promontório em declive do qual subiam fumaças era Bellevue, as choupanas mais abaixo, Boucan Corail, e mais ao longe, no azul distante, disposta num declive mais brando, Mahotière e a bela extensão de suas hortas à sombra das mangueiras e dos abacateiros. Seus camponeses tinham até a sorte de uma fonte de água potável e que também dava para lavar roupa. Ela brotava numa garganta, e lá cresciam taiobas, agriões e até hortelã. Naquele lugar se abastecia a gente de Fonds-Rouge, mas era longe e as cabaças cheias pesavam muito no caminho de volta.

Era o que se chamava de Terres Froides[40], por contraste com a planície. Seus camponeses eram mais robustos que nós e tinham um jeito de andar arrastando o traseiro: negros congos, era assim que os chamávamos, mas de todo modo vivíamos em bom entendimento com eles.

Acima de Mahotière, a um dia de cavalgada, chegava-se ao morro Villefranche; as florestas de pinheiro começavam em seus flancos, com longas esteiras de neblina, faixas úmidas piores do que chuva que penetravam até a medula dos ossos. É uma montanha a pique, rasgada por precipícios cujo fundo não se vê, coroada de picos que se perdem no céu tumultuado; suas árvores são escuras e

---

40 Terras Frias.

severas; o vento geme noite e dia em seus galhos, pois são sensíveis e cantantes os pinheiros.

– Ouvi dizer que o platô dava um bom pasto e que lá os animais de chifre engordavam à larga, mas nunca subi além de Les Orangers, onde mora minha comadre – Finélia, ela se chama –, e já ali faz um frio insuportável para nós, negros da planície.

Diante dos olhos de Manuel, a fileira dos morros corria até o poente numa única onda de um azul descorado e suave ao olhar; se às vezes a escavação de um vale a rompia, como no caso daquele platô de Chambrun, logo ela voltava com uma nova ondulação, outras burseras, outros carvalhos e o mesmo matagal confuso de onde se lançavam as latânias.

Uma agitação do ar rápida e sedosa o fez erguer a cabeça para um bando de torcazes que passava. "É o painço." Seguiu sua esteira cinza até seu mergulho disperso num morro vizinho.

De repente foi assaltado por uma ideia que o fez pôr-se em pé: "Os pombos-torcazes preferem a fresca. *Caramba*, e se for como que um sinal do céu?". Voltou a descer o morro quase correndo. Seu coração batia forte. "O que está acontecendo com você, ô Manuel?", dizia a si mesmo. "Parece até que vai ao primeiro encontro com uma moça. Está com o sangue fervendo." Uma angústia singular apertava-lhe a garganta. "Tenho medo de que seja como das outras vezes, um engano e uma decepção, e sinto que, se não a encontrar agora, vou ficar muito desanimado. Talvez até eu diga: chega, azar. Não, é impossível. Será possível desertar a terra, será possível virar-lhe as costas, divorciar-se dela, sem perder também a razão de existir e o uso das mãos e o gosto de viver? Sim, voltaria a procurar, ele sabia, era sua missão e seu dever. Aqueles camponeses de Fonds-Rouge, aqueles cabeças-duras, aqueles cacholas de pedra, estão precisando daquela água para recuperar a amizade entre irmãos e refazer a vida como deve ser: um serviço de boa vontade entre negros que se assemelham pela necessidade e pelo destino."

Atravessou o corredor da planície, ia rápido, apressado, estava impaciente e tinha a impressão de que seu sangue estava congestionado e tentava escapar com aquele alvoroço surdo que sentia no peito.

"Foi ali que os pombos pousaram. Um morro bem arborizado, tem até mogno, e aquela folhagem cinzenta que ao sol parece prateada, não é engano meu: são embaúbas, e não faltam as burseras, naturalmente, mas por qual lado vou entrar?"

Seu ouvido o guiava mais do que o olhar. A cada passo que desobstruía a golpes de facão no emaranhado das plantas e trepadeiras, ele esperava ouvir os pombos-torcazes levantarem voo assustados.

Talhava seu caminho de viés, rumo ao lugar mais denso do morro. Já tinha notado aquele recanto, aquele sombreado denso em que as árvores se amontoavam numa luz espessa.

Uma fenda abrupta abriu-se diante dele. Desceu-a, agarrando-se aos arbustos. As pedras que rolaram debaixo dele suscitaram imediatamente um bater de asas multiplicado, os pombos-torcazes se desvencilhavam dos galhos, e pelas brechas da folhagem ele os viu se dispersarem para todos os lados.

"Eles estavam mais no alto; havia alguns ali, naquela figueira-brava."

Manuel estava no fundo de uma espécie de vala estreita enredada de trepadeiras que caíam das árvores em novelos desenrolados. Uma corrente de frescor circulava, e talvez por isso as plantas volúveis e desordenadas crescessem tão rijas e cerradas. Ele subiu até a figueira-brava, sentia aquele sopro benfazejo secar-lhe o suor, andava dentro de um grande silêncio, entrava numa penumbra verde e seu último golpe de facão revelou-lhe o morro fechado em torno de uma grande plataforma, e a figueira gigante erguia-se ali com o ímpeto de um torso potente; os galhos carregados de musgo pendente cobriam o espaço com uma sombra venerável e suas raízes monstruosas estendiam uma mão de autoridade sobre a posse e o segredo daquele pedaço de terra.

Manuel parou; mal acreditava em seus olhos, e uma espécie de fraqueza tomou-lhe os joelhos. Notou que havia taiobas, até tocava uma de suas grandes folhas lisas e geladas, e taioba é uma planta que vem em companhia de água.

Seu facão enfiou-se no chão, ele escavava com fúria, a profundidade e largura do buraco ainda não passavam da terra branca como giz quando a água começou a subir.

Voltou a escavar um pouco adiante, lançou-se freneticamente sobre as taiobas, extirpando-as às braçadas, arrancando-as com as unhas, aos punhados: a cada vez, havia um borbulhamento que se espalhava formando uma pequena poça e se tornava um claro olho-d'água assim que assentava.

Manuel deitou-se no chão. Estreitava-o com o corpo todo:

"Aqui está ela, a doce, a boa, a fluida, a cantante, a fresca, a bênção, a vida."

Beijava a terra com os lábios e ria.

IX

– Você reparou no nosso Manuel? Faz dois dias que é como se tivesse caído num formigueiro. Vai para cá, vai para lá, nunca está no mesmo lugar. Vai até a estrada, se senta na varanda, levanta de novo. Você chama, ele não ouve, chama de novo, ele parece acordar de um sonho: Ah, o quê?, ele diz, mas vê-se que não está escutando. À noite, ouço-o revirar-se no colchão, agitar-se, debater-se; procura o sono mas não encontra. Hoje de manhãzinha, eu o ouvi rindo sozinho e à toa enquanto se lavava atrás da choupana. Será que nosso filho está com o espírito atrapalhado? Bienaimé, meu homem, responda, Bienaimé.

– O que quer que eu diga? – disse o velho, de mau humor. – Não estou na pele dele, não estou na cabeça dele. É um negro inquieto, esse Manuel, um negro agitado. Só isso. Alguns são lentos por natureza e outros, rápidos como o raio. O que tem de estranho ou de preocupante? É que você queria que ele ficasse o tempo todo agarrado na sua saia, que nem um menininho, dizendo: mamãe eu tenho isso, mamãe eu tenho aquilo, como se ele não tivesse crescido, como se não fosse homem feito, com a própria consciência e a própria razão. Então, dê liberdade para ele; os potrinhos são feitos para galopar na savana. Passe um pedaço de carvão para eu acender meu cachimbo.

– Não foi você que outro dia reclamou porque ele vivia saindo?

– Eu, quando isso?

O velho se fazia de espantado.

– Está procurando briga comigo, Délira?

– E aquela pá que ele foi comprar ontem no povoado, me diga, para que precisa dela? E hoje de manhã, por que saiu para os morros com ela, que voltou cheia de uma terra branca que não existe por esses lados?

– Mas como é que você quer que eu responda a todos esses porquês? Só falta perguntar por que alguns dias a lua parece uma fatia de melão-espanhol e outras aparece redonda como um prato. Você é uma mulher irritante, sim, Délira. Por que tem que ficar me cutucando o dia todo com essas perguntas? Quando jovem você não era tão faladeira, era difícil arrancar uma palavra sua. Para dizer a verdade, tenho saudade daquele tempo.

Ele se encolheu na cadeira, carrancudo e zangado, com os lábios apertados em volta do cachimbo.

Os aborrecimentos se acumulavam. Quando o homem começa a ter azar, dizem, até leite é capaz de lhe fazer mal. A bezerra malhada tinha se enredado na sua corda e torcido a pata. Dorméus tratou dela por 3 piastras, aquele sem-vergonha, mas ela estava demorando para sarar e Bienaimé precisava esperar para vendê-la. Lhérisson tinha ido trabalhar para os lados de La-Croix-des-Bouquets, numa equipe das Obras Públicas. Outros estavam pensando em seguir seu exemplo e até em deixar Fonds-Rouge para sempre. E agora aquele Manuel se comportando como se fosse ter um ataque de mal-caduco, quando afinal, pela barba do Espírito Santo, perdão, meu Deus, eu blasfemei, não vou mais fazer isso, mea-culpa, quando afinal acabariam todas aquelas chateações?

E vem chegando a comadre Destine. Bienaimé pergunta a si mesmo como ela faz para manter toda essa gordura. Sua figura gorda e escura brilha como couro engraxado.

– Passei para dar um bom-dia, comadre Délira. Compadre Bienaimé, bom dia, sim.

– Bom dia, minha cara – responde o velho.

E depois finge que está dormindo. Não tem vontade de falar.

Délira empurrou o banquinho para Destine e, por sua vez, fica em pé. Destine se instala, transbordando por todos os lados.

– Como vai a vida? – ela diz.

– A penitência continua – suspira Délira.

Com um gesto da cabeça, ela mostra os campos e ergue os olhos para o céu implacável.

Aquela é a hora mais quente do dia, e não é meio-dia, está mais perto das duas horas, quando a terra começa a desprender um vapor que sobe, dança e faz as pálpebras se franzirem, de tão ofuscante.

Nas algarobas há um arrulho triste de rolinha e o macho responde em tom rouco, chamando. Mas o diálogo não interrompe o silêncio, acompanha-o e o torna mais pesado e mais presente.

– Vou embora, eu também – declara Destine.

– Não me diga... – exclama Délira, assustada.

– Sim, minha cara, é isso mesmo. Vamos deixar a terra dos antigos, meu negro Joachim e eu. Temos família pros lados de Boucan Corail, é família distante, mas talvez nos faça a caridade de um pedaço de terra para construir uma choça e plantar uma hortinha. Com a graça de Deus, Délira, mas é um grande sofrimento...

Ela chorava; as lágrimas deixavam linhas sujas em suas bochechas.

A vida se esgotara em Fonds-Rouge. Era só ouvir aquele silêncio para escutar a morte, deixar-se levar por aquele torpor para sentir-se enterrado. As batidas regulares e repetidas dos maços nos pilões se calaram: já não havia um grão de painço, e como ia longe o tempo dos *coumbites*, do canto viril e alegre dos homens, do balanceio cintilante das enxadas ao sol, o tempo feliz em que dançávamos o minueto debaixo dos caramanchões e as vozes despreocupadas das jovens negras jorravam na noite como uma fonte, adeus,

adeus, vamos embora, acabou-se. Oh, loás, meus loás da Guiné, vocês não mediram bem o trabalho de nossas mãos e nossa parte de miséria, os pesos de sua balança são falsos, e por isso estamos morrendo sem socorro e sem esperança, é justo isso, respondam, não, na verdade não é justo.

Délira diz, e sua voz é tranquila:

– No dia de Todos os Santos limpei os túmulos dos meus mortos. Estão todos enterrados aqui: eles me esperam. Meu dia começa a acabar, minha noite se aproxima. Não posso ir embora.

Destine continuava chorando:

– Tenho dois meninos no cemitério.

Délira tocou-lhe o ombro:

– Coragem, Destine, você vai voltar, prima, vai voltar com a chuva e a boa estação.

Destine enxugou os olhos com as costas da mão gorda, mole e como que sem ossos:

– Hoje de manhã, havia uma cobra enrolada na cumeeira da choupana, Joachim subiu na mesa e lhe arrancou a cabeça com um golpe de foice. Joachim, eu disse, tomara que isso não nos traga desgraça, está ouvindo, Joachim? Mas ele encolheu os ombros sem dizer uma palavra; essa situação está corroendo o Joachim, corroendo por dentro como uma doença, e agora ele mal consegue abrir a boca. E Florentine está cobrando o dinheiro da pinga com um monte de ameaças e palavras que não dá para repetir, aquela escandalosa, a mulher do policial.

Ela se levantou:

– Vamos nos ver ainda, querida Délira, não vou embora antes do fim de semana. Encontrei Manuel no caminho; que negro bem-apessoado. Que sorte a sua, prima; quanto a mim, meus dois meninos estão no cemitério, mas é a vida, não dá para fazer nada contra a desgraça, é preciso se resignar.

Depois que ela se foi, Bienaimé abriu os olhos; impeliu a cadeira para a frente, bateu o pé com raiva.

– Ah, que negros ingratos são vocês – exclamou. – Esta terra lhes deu de comer durante anos, um dia depois do outro, e agora vão deixá-la, com algum lamento fingido e um pouco de água nos olhos para lavar a consciência e o remorso. Bando de hipócritas. Só que nós vamos ficar. Não é mesmo, Délira? Não é mesmo, minha velha?

– E aonde poderíamos ir? – respondeu Délira.

——

Finalmente, depois de dois dias de impaciência, Manuel conseguira encontrá-la. Ela caminhava pela estrada, à vista das choupanas. Mas ao cruzar com ela, de passagem, sem se deter, ele lhe sussurrou entre dentes: Espere-me diante da propriedade do compadre Lauriston, debaixo do tamarindeiro.

E agora a conduzia até a fonte. Ela tinha dificuldade para acompanhá-lo, tão depressa ele andava, e também tinha medo de que a tivessem visto, mas Manuel garantia que não; o lugar estava abandonado havia muito tempo, era uma antiga plantação de algodão no flanco das algarobas, veja: agora está cheio de mato e de picões.

Entraram na mata. O sol passava pelo crivo das árvores e se agitava na trilha com o movimento do vento nos galhos mais altos.

– Você acha que tem água suficiente? – perguntou-lhe Annaïse.

– Escavei até aqui.

Ele traçou uma linha com a mão, na altura da cintura.

– E não foi só um buraco. São vários. Em todo o comprimento da plataforma. Está cheio. Um tanque grande, estou dizendo.

Ele estava ofegante. Não pela caminhada, mas por essa lembrança.

– Se eu não tivesse aberto os buracos, acho que teria transbordado de tanta água.

– Você é forte, sim, Manuel.

– Não, mas tenho fé.

– Fé em quê?

– Tenho fé na vida, Anna, fé em que os homens não podem morrer.

Ela refletiu por um instante.

– O que está querendo dizer? É como acontece com a água, é preciso escavar fundo as suas palavras para descobrir o sentido delas.

– Ah, claro, um dia todo homem vai embora para a terra, mas a vida em si é uma linha que não se rompe, que não se perde, e sabe por quê? Porque cada negro toma sua existência e dá um nó nela; é o trabalho que ele realizou e é o que torna a vida viva pelos séculos dos séculos: a utilidade do homem na terra.

Ela o olhou com fervor:

– Jesus-Virgem Maria, como você é sábio, e todas essas ideias vêm da sua cabeça? – ela se pôs a rir. – Às vezes não sente dor de cabeça?

– Está querendo zombar de mim, hein...

Ele a pegou pelo braço e na mesma hora a expressão de Annaïse se alterou, a luz vacilou em seus olhos e ela disse com voz embargada, porque o coração lhe batia na garganta:

– Leve-me até a fonte.

A floresta clareava, as árvores se espaçavam; no fim da trilha abria-se o espaço livre da planície.

– Está vendo aquele morro? – disse Manuel. – Não, aquele não, o outro, aquele arborizado, azul-escuro, porque está justo embaixo de uma nuvem? É ali. Espere, vou ver se não está vindo ninguém.

Ele saiu da mata, deu uma olhada ao redor. Fez sinal e ela foi ao seu encontro.

– Vamos depressa, Manuel. Tenho medo de que nos vejam.

Ela não disse a ele que, desde o encontro deles na colina, Gervilen a espionava. Na curva de um caminho, de repente ele aparecia. Não dizia nada, mas seus olhos avermelhados tinham um brilho sinistro. Ela sabia que hoje ele estivera no povoado porque seu irmão Gille teria de acompanhá-lo para servir de testemunha, diante do juiz de paz, num caso de um burro roubado ou perdido, ela não lembrava muito bem.

Gille tinha perguntado:

– Você teve algum problema com o primo Gervilen? Antes de ontem, quando veio falar comigo, ele te olhava de um jeito esquisito.

Ela não tinha respondido.

– Está com ar pensativo – falou Manuel –, está calada, minha negra.

– Eu queria já ter chegado. Essa planície é longa de atravessar, sinto nas costas que estão me olhando, é como se fossem pontas de facas.

Manuel virou a cabeça para todos os lados.

– Não fique com medo, não tem ninguém. Logo não vamos mais precisar nos esconder. Todo mundo saberá para quem vou construir essa choupana. Vai ter três cômodos, três; os móveis eu mesmo vou fazer, tem bom mogno por aqui, sou um pouco marceneiro. E também vai ter um caramanchão, com uma trepadeira, para fazer sombra. Podíamos tentar uva, o que você acha? Com uma boa quantidade de borra de café nas raízes, vai pegar, não acha?

– Você é quem sabe – ela murmurou.

"Sim, vou ser a dona da sua choupana. Vou semear seus campos e ajudar a guardar a colheita. Vou sair no orvalho, ao nascer do sol, para colher os frutos da nossa terra; sair no sereno da noite para ver se as galinhas estão descansando nos galhos das árvores, se algum animal selvagem e voraz não as levou. Vou levar ao mercado nosso milho e nossos víveres. Você vai esperar minha volta no limiar da porta. A luz do lampião estará atrás de você, sobre a mesa, mas vou ouvir sua voz: fez boa venda, mulher? E responder conforme a sorte ou o azar do dia. Servirei sua comida e ficarei em pé enquanto você come, e você me dirá: obrigado, minha negra, e eu responderei: às ordens, meu patrão, porque serei a criada da sua choupana. À noite, me deitarei ao seu lado, você não dirá nada, mas ao seu silêncio, à presença da sua mão, responderei: sim, meu homem, porque serei a criada do seu desejo. Haverá um canal de água no nosso terreno e juncos e loureiros em suas margens. Você me prometeu. E haverá os filhos que vou lhe dar, sou eu que estou prometendo, em nome dos santos que estão na terra, em nome dos santos que estão nas estrelas."

Sua expressão se tornara grave, à imagem de sua alma.

– Está com a cara fechada – espantou-se Manuel –, os olhos voltados para longe. Diga o que você tem, minha negra.

Ela lhe sorriu, sua boca tremia.

– De que lado é a fonte, Manuel?

– Chegamos. Me dê a mão. Há uma subida que não é fácil.

Seguiram o caminho aberto pelo facão de Manuel no intrincado das plantas. Manuel desceu primeiro pela fenda. Ela hesitou, escorregou um pouco e ele a acolheu nos braços. Ele sentiu o peso e o calor do corpo dela contra ele. Mas ela se desvencilhou.

– Dá para sentir o frescor – ela disse –, dá para sentir o vento e a umidade.

Os pombos-torcazes batiam as asas, abriam passagem entre as folhas para o céu.

Ela levantou os olhos para os galhos que se fechavam sobre o silêncio.

– Está escuro, como está escuro. Não dá para acreditar que lá fora o sol brilha forte. Aqui o sol é filtrado gota a gota, o sol. Estou à escuta e não ouço nenhum barulho, estamos como numa ilhota, estamos longe. Manuel, estamos no fim profundo do mundo.

– No começo do mundo, você quer dizer. Porque no começo dos começos havia uma mulher e um homem, como você e eu; aos pés deles corria a primeira fonte e a mulher e o homem entraram na fonte e se banharam na vida.

Ele pegou a mão dela.

– Venha.

Ele afastou as trepadeiras. Annaïse entrou no mistério da figueira-brava.

– É a guardiã da água – murmurou ela, com uma espécie de terror sagrado. – É a guardiã da água.

Ela contemplou os galhos carregados de musgo prateado e ondulante.

– É muito velha.

– É muito velha.

– Não se vê o cimo.

– O cimo está no céu.

– Suas raízes são como patas.

– Elas guardam água.

– Mostre-me a água, Manuel.

Ele escavou a terra:

– Veja.

Ela se ajoelhou, mergulhou um dedo na poça, fez o sinal da cruz.

– Ave, água benta – ela disse.

– E ali, veja. Por todo lado.

– Estou vendo – ela disse.

Encostou o ouvido no chão.

– Estou ouvindo.

Ela escutava com a expressão recolhida, iluminada por um embevecimento infinito.

Ele estava a seu lado.

– Anna.

Seus lábios se tocaram.

– Meu negro – ela suspirou.

Ela fechou os olhos e ele a deitou. Estava estendida na terra e o rumor profundo da água produzia nela uma voz que era o tumulto de seu sangue. Não se defendeu. A mão dele tão pesada arrancava dela uma doçura insuportável, vou morrer. Seu corpo nu se incendiava. Ele abriu-lhe os joelhos e ela se abriu para ele. Entrou nela, uma presença dilacerante, e ela soltou um gemido ferido, não, não me deixe senão eu morro. Seu corpo ia ao encontro do corpo dele numa onda febril; nela nasceu uma angústia indizível, uma delícia terrível que tomava o movimento de sua carne; um lamento ofegante subiu-lhe à boca e ela sentiu-se fundir na liberação daquele longo soluço que a deixou aniquilada no abraço do homem.

X

– O sol está se levantando – disse Délira.

– Está no morro – respondeu Bienaimé.

As galinhas cacarejavam, inquietas. Esperavam que lhes jogassem milho, mas os camponeses não tinham mais nada para comer, ou era quase como se não tivessem. Guardavam os últimos grãos, trituravam-nos no pilão e faziam assim uma pasta espessa e pesada, mas que saciava, dava consistência ao estômago.

Os galos se enfrentavam, uma gola de penas eriçadas em torno do pescoço. Trocavam algumas bicadas, algumas esporadas.

– Chhh!... – e Bienaimé batia palmas. Eles se separavam para se reerguer mais longe e apregoar seu desafio a plenos pulmões.

E em todos os quintais era a mesma coisa. O dia começa assim, com uma luz indecisa, árvores entorpecidas e a fumaça subindo atrás das choupanas, pois é hora do café e não é ruim mergulhar nele um pedaço de biscoito, quando o café está bem doce – com melaço de cana, é claro, porque para o açúcar, mesmo o vermelho, aquele barato, já não há dinheiro nos tempos que correm.

– Manuel disse que ia procurar Laurélien.

– Foi o que ele disse.

– Mas o que está acontecendo, afinal, Bienaimé?

– Pode perguntar, não vou responder.

– Faz tempo que não ouço uma palavra amável da sua boca.

Bienaimé tomou um gole de café. Sentiu vergonha.

– É que meu reumatismo começou de novo – ele disse, como que se desculpando. – E se você me massageasse com um pouco de óleo? É nas juntas que tenho dor.

– Vou pôr óleo para esquentar com sal. Vai fazer mais efeito na dor.

O velho acendeu o cachimbo. Acariciou a barba branca.

– Délira, ô?

– Sim, Bienaimé.

– Vou te dizer uma coisa.

– Estou ouvindo, sim, Bienaimé.

– Você é uma boa mulher, Délira.

Ele desviou o olhar e limpou a garganta.

– Vou te dizer outra coisa.

– Sim, meu querido.

– Sou um negro desagradável.

– Não, Bienaimé, ah, não, homem, você só tem seus dias difíceis, é culpa de toda essa miséria. Mas desde que caminhamos juntos na vida, e foi uma longa estrada, ah, Deus, com muitas passagens ruins e uma quantidade de tribulações, você sempre me protegeu, me sustentou, me socorreu, eu me apoiei em você e estive em segurança.

Mas o velho insistia:

– Estou dizendo que sou um negro desagradável.

– Conheço o fundo do seu coração, não há ninguém melhor do que você.

– Você é do contra, sim, Délira; palavra, nunca vi mulher mais cabeça-dura do que você.

– Tudo bem, Bienaimé, está certo.

– Está certo o quê?

– Você é um negro desagradável.

– Eu? – disse Bienaimé, atrapalhado e furioso.

Délira deu sua risadinha clara.

– É você que acha.

– Mas não precisa repetir. Toda a vizinhança vai ouvir: Bienaimé é um negro desagradável, Bienaimé é um... Pois é, sim, e daí?

A raiva era a única seiva que lhe restava nas veias. Ele a usava muito.

Manuel e Laurélien chegavam a passos largos. Saíam da mata. Eles riam e Laurélien, geralmente tão calmo, acertava no ombro de Manuel socos de estropiar um boi.

– Ele encontrou – gritou de longe –, ele encontrou.

– O que esse Laurélien está dizendo, ficou louco, é? – grunhiu Bienaimé. – E vem aos saltos, como se estivesse andando sobre espinhos. Será que ele já bebeu, de manhã tão cedo?

Délira foi buscar cadeiras.

– Seu criado – disse Laurélien, levando a mão à testa.

– Adeus, meu filho – respondeu o velho.

Ele o olhou desconfiado.

– O absinto – ele disse –, não se deve abusar. Um copo, para recuperar o estômago, não digo que não, mas não mais do que isso.

– Estou bêbado, é verdade – disse Laurélien, torcendo as mãos enormes e rindo. – No entanto não bebi uma gota, isso não. Délira, como vai a vida? Ah, comadre, ela vai mudar, a vida, a partir do dia de hoje, ela vai mudar.

Virou-se para Manuel. Sua expressão ficou séria de novo.

– Fala, chefe. Explica o caso para eles.

– É a história da água - disse Manuel.

Ele respirou fundo. Cada palavra tinha um peso de emoção.

– Desde que voltei a Fonds-Rouge, estou procurando água.

Abriu os braços, seu rosto estava cheio de sol, ele quase gritou:

– Eu encontrei. Uma grande fonte, um tanque cheio até a borda, capaz de regar a planície. Todos terão água para suas necessidades e seu abastecimento.

Bienaimé levantou-se de um salto. Sua mão trêmula agarrou-se à camisa de Manuel.

– Você fez isso? Encontrou água? É verdade?

Ele ria com um estranho esgar, com voz entrecortada, e as lágrimas corriam pela barba branca.

– Respeito, meu filho, seu pai está dizendo: respeito, porque você é um grande negro. Sim, tiro o chapéu para você, Manuel Jean-Joseph. Délira, está ouvindo, meu filho encontrou água. Sozinho, com as próprias mãos. Reconheço a minha família: negros audaciosos a quem não falta inteligência.

Ele não largava Manuel. Gaguejava, o olhar inundado:

– Ah, menino, menino...

Délira apertava as mãos contra o coração. Olhava para Manuel. Não dizia nada. Sentia-se tão fraca quanto no dia em que ele viera ao mundo: estava capinando no jardim quando as dores a surpreenderam. Arrastara-se até a choupana, abafara os gritos mordendo a carne do braço e ele nascera num imenso dilaceramento de seu ser. Ela mesma cortara o cordão, lavara e deitara a criança num pano limpo antes de se deixar cair no fundo daquele poço escuro do qual mais tarde a voz de Bienaimé e o falatório das comadres a tiraram. E hoje estava diante dele, aquele homem tão alto, tão forte, com aquela luz na testa, e que conhecia o mistério do sono da água nos veios dos morros.

Ele estava perto dela, com o braço envolvendo-lhe os ombros. Ele perguntava:

– Está contente, mãe?

Ela ouviu uma voz que respondia, longínqua, longínqua, e no entanto era a dela:

– Estou contente por nós, estou contente pela terra, estou contente pelas plantas.

O mundo se revirava ao seu redor: a choupana, as árvores, o céu. Ela precisou sentar-se.

Bienaimé enchia Manuel de perguntas:

– Conta, meu filho. Onde está essa água? Como ela é? – E com súbita inquietação: – Mas não é uma aguazinha, um fiozinho de nada, que só dá para beber, né?

– Não – disse Manuel –, é uma água considerável. Tem de ver o lugar. É um grande terraço de terra branca como giz; esse tipo de terra absorve água com facilidade, mas a água deve ter encontrado adiante algo duro, resistente, então ela inchou. Certamente em alguns anos teria arrebentado sozinha. Então, o que se tem de fazer é, primeiro, fincar uma camada de postes, mas bem juntos, para conter a terra, porque se começarmos a escavar direto no tanque será como rachar uma jarra, e a água vai se perder sem direção. Depois, é preciso traçar um canal principal, percorrendo a planície e pelas algarobas, e em cada terreno cada um vai puxar seu canal, para a irrigação. Quando o canal principal e os outros estiverem prontos, aí vamos abrir. Será bom também nomear um síndico, da confiança de todos os camponeses, para distribuir a água de acordo com a necessidade de cada negro; enfim, como vocês veem, é muito trabalho.

– O síndico vai ser você, chefe – disse Laurélien. – Está votado.

– Está ouvindo, Délira? – exclamou Bienaimé com imenso orgulho. – Ele já calculou tudo na cabeça e o que está dizendo é o certo, mesmo.

Mas na mesma hora um pensamento pareceu entristecê-lo.

– Você disse todos os camponeses. Não está contando... os outros.

Manuel já esperava pela pergunta:

– Posso falar claro e a verdade? – ele disse. – E vocês estão ouvindo, mãe? Compadre Laurélien?

– Estamos ouvindo, sim, Manuel.

– Quantos somos, do nosso lado, os negros válidos? Espere. – Ele contou nos dedos: – Catorze. E os outros, herdeiros e partidários do finado Dorisca, devem ser mais ou mesmo o mesmo tanto. Pai, mãe, pensem bem; compadre Laurélien, reflita. Sozinhos, nunca vamos conseguir dar cabo deste trabalho: cortar, transportar e fincar os postes; construir um canal de bom comprimento pela planície e derrubar o mato para fazê-lo passar. E, depois, a água não é uma propriedade, a água não se mede, não se registra no papel do notário, é um bem comum, a bênção da terra. Que direito nós teríamos?...

Bienaimé não o deixou terminar.

– O direito de que foi você que encontrou – ele gritou –, o direito de que os inimigos não têm direito.

Fez um esforço para se controlar:

– Mas diga com franqueza o que você quer fazer.

– Falar com os outros. Compadres, vou dizer, é verdade o que estão dizendo, sim, compadres. Encontrei uma fonte que pode irrigar todos os terrenos da planície, mas para trazê-la até aqui é preciso que todo mundo ajude, um *coumbite* geral, é disso que precisamos. O que uma só mão não é capaz de fazer, duas são. Vamos nos dar as mãos. Vim propor a paz e a reconciliação. Qual é a vantagem de sermos inimigos? Se vocês precisam de uma resposta, olhem para seus filhos, olhem para suas plantas: a morte está neles, a miséria e a desolação estão devastando Fonds-Rouge. Então, deixem a razão falar. O sangue correu entre nós, eu sei, mas a água lavará o sangue e a nova safra crescerá sobre o passado e amadurecerá sobre o esquecimento. Só há um meio de nos salvar, um só, não dois: cabe a nós reconstruir a boa família dos camponeses, refazer a união dos trabalhadores da terra entre irmãos e irmãos, dividir nosso sofrimento e nosso trabalho entre camaradas e camaradas.

– Cala essa tua bocarra, falastrão – rugiu Bienaimé. – Não quero mais te ouvir. E, se continuar, vou curtir a pele do teu lombo a bengaladas.

Quebrou o cachimbo jogando-o violentamente no chão e saiu pelos campos para dar ar e espaço à própria raiva.

A fúria de Bienaimé surpreendeu os outros como um aguaceiro. Ficaram em silêncio. Délira suspirava, Laurélien erguia as mãos pesadas e as olhava como se fossem utensílios estranhos, Manuel tinha aquele vinco obstinado no canto da boca.

– Mãe – disse ele por fim –, o que acha de tudo isso?

– Ah, meu filho, está me pedindo para escolher entre você e Bienaimé.

– Não, mas entre a razão e a desrazão, é uma questão de vida ou de morte.

Délira lutava consigo mesma, via-se por sua expressão indecisa, as palavras detinham-se em seus lábios, os dedos retorciam o cordão de seu escapulário.

Mas ela tinha de responder.

– Dorisca e Sauveur já são cinza e poeira; faz anos que estão descansando em paz; o tempo passa, a vida continua. Fiquei em profundo luto por Sauveur, era meu cunhado e um homem de bem, mas nunca houve lugar para ódio no coração de Délira Délivrance, o bom Deus está me ouvindo.

– E você, Laurélien?

– Estou com você, chefe. A reconciliação é a única maneira de sair desta situação. E os outros vão aceitar também, se você falar com eles conforme convém, e nunca vi um negro de língua mais hábil do que a sua. Isso sim.

Bienaimé estava apoiado na porteira. Dava as costas para eles; mostrava-lhes sua recusa.

Manuel disse:

– Há algum tempo Fonds-Rouge cheirava a podre; o ódio dá à alma um hálito fétido, é como pantanal de lama verde, bile cozida, humores rançosos e macerados. Agora que a água vai irrigar a planície, correr para os terrenos, o que era inimigo voltará a ser amigo, o que estava separado se juntará e o camponês já não será um cão raivoso para o camponês. Cada negro reconhecerá seu igual, seu semelhante e seu próximo, e aqui está a coragem do meu braço se for preciso trabalhar no seu terreno e você bater à minha porta; honra? E eu respondo: respeito, irmão, entre e sente-se; a comida está pronta, coma, é de coração. Sem concórdia a vida não tem gosto, a vida não tem sentido.

– É verdade a sua fala – aprovou Laurélien.

– Conheço meus negros – continuou Manuel –, eles têm o entendimento mais duro e resistente do que o painço no pilão, mas, quando um homem não raciocina com a cabeça, ele reflete com o estômago, sobretudo se estiver vazio. É aí que vou tocá-los, na sensibilidade de seu interesse. Vou ao encontro deles e falar com um por um. Não dá para engolir um cacho de uva inteiro de uma vez, mas uma baga de cada vez é fácil.

– Mas tem os outros – disse Délira, preocupada.

– A gente do finado Dorisca?

– Sim, meu filho.

Manuel sorriu.

– Você diz *"os outros"* como se fossem um cortejo de demônios. Pois bem, mãe, posso dizer com segurança que não está longe o dia em que não haverá nem *"os outros"* nem *"nós"*, mas só bons camponeses reunidos para o grande *coumbite* da água.

– Não sei como você vai fazer, mas tome suas precauções então. Anteontem à noite ouvi um barulho no quintal, levantei e entreabri a porta. Era lua cheia. O homem deve ter ouvido a chave na fechadura, porque já ia indo embora. Só vi as costas dele, mas era Gervilen, a estatura e o andar dele. Eu seria capaz de jurar, se não fosse pecado.

Manuel encolheu os ombros, despreocupado:

– Decerto estava bêbado. Perdeu o caminho, só isso.

Só tinha falado com Gervilen uma vez, na mata de algarobas, um dia depois de chegar de volta a Fonds-Rouge. Desde então, Manuel não teve nada que tratar com ele. A não ser que recentemente, na rinha, o outro o tinha encarado de um jeito estranho, com olhos de brasas vermelhas, mas era visível que ele estava cheio de pinga como um garrafão, pobre imbecil.

– Manuel tem razão – disse Laurélien. – Aquele Gervilen é um negro beberrão; o tafiá deve ter atrapalhado a cabeça dele, e ele foi parar no seu quintal como um ladrão de galinhas.

Mas Délira não parecia muito convencida. O homem que tinha visto não estava cambaleando, foi andando direto e depressa para a porteira.

Laurélien apertou a mão de Manuel.

– Vou dar a notícia, mas sobre esse assunto de reconciliação é você que vai falar com eles.

– *Bueno* – disse Manuel. – Vou encontrá-los mais tarde.

– Seu criado, Délira – saudou Laurélien.

– Adeus, ô Laurélien – respondeu a velha.

Com esforço, ela fez um movimento para se levantar. "O que está acontecendo comigo? É como se tivessem me passado no moinho. Já não tenho forças."

Manuel a reteve:

– Espere um pouquinho.

– Diga, meu filho.

– Outro dia você queria saber o nome daquela moça, não é? Pois bem, vou dizer: é Annaïse.

– A negra da Rosanna? – exclamou Délira.

– Ela mesma. Mas você parece abalada.

– É que não é possível, Manuel. Pense bem, nós somos inimigos.

– Daqui a alguns dias já não haverá inimigos em Fonds-
-Rouge.

– E Bienaimé, acha que ele vai concordar?

– Com certeza. Naturalmente, primeiro vai ficar com raiva, mas ele é que vai levar a carta de pedido para Rosanna. Amanhã vou comprá-la no povoado, e também o lenço de seda verde para embrulhá-la, em obediência ao costume das pessoas de bem. Falta escolher a pessoa para escrevê-la. Não sou muito bom nessas coisas. Você tem alguma ideia?

– À esquerda da igreja do povoado, na praça do mercado, tem uma choupana com quarto de cima coberto com uma chapa metálica. Pergunte pelo sr. Paulma, da parte da comadre Délira. É um mulato alto que tem uma loja de quinquilharias. Você vai encontrá-lo atrás do balcão. Ele conhece as letras.

Ela sorriu quase em devaneio:

– Ah, Manuel, você escolheu uma moça bonita, e séria e trabalhadeira pelo que ouvi dizer. Eu a vi crescer e, antes dessa história de Dorisca e Sauveur, ela me ajudava a carregar minhas cabaças, na volta da fonte. Titia, assim ela me chamava. Era uma negrinha muito respeitosa, a Annaïse. Se for preciso, vou me ajoelhar diante do meu velho Bienaimé para suplicar que ele não seja do contra, e rezar para a Virgem dos Milagres. Virgem dos Milagres, direi, socorra meus filhos, ponha a mão sobre a cabeça deles para protegê-los contra a desgraça e guie seus passos na vida, porque a vida é difícil e a miséria é grande para nós, pobres camponeses.

– Obrigado, mãe, mãe querida – disse Manuel.

Ele baixou a cabeça para esconder a emoção.

– Quando terminar de conspirar com ele, Délira, vá comprar outro cachimbo para mim, na Florentine.

Era Bienaimé que estava de volta. Não parecia de bom

humor, Bienaimé. Percebia-se pelo seu jeito de mastigar as palavras.

– Sim, Bienaimé – disse Délira, solícita –, sim, pai, vou agora mesmo.

—

Antes do meio-dia o rumor de que Manuel descobrira uma fonte tinha se espalhado pelo povoado. Nós, negros haitianos, temos uma palavra para isso: dizemos *télégueule*[41], e não é preciso mais que isso para que uma notícia, boa ou ruim, verdadeira ou falsa, agradável ou maldosa, circule de boca em boca, de porta em porta, e logo terá percorrido todo o país, e todos se espantam, tamanha é a rapidez.

E, como Fonds-Rouge não era muito grande, tinha corrido como fogo no capim seco, e na hora em que o sol batia em cheio na planície os camponeses não falavam em outra coisa, uns garantindo que era verdade, alguns chegando a afirmar que aquele Manuel tinha trazido de Cuba uma vara mágica que descobria fontes e até tesouros, enfim, cada um acrescentava um pouco de sal e temperava a notícia a seu bel-prazer.

Annaïse tinha cumprido a missão que Manuel lhe confiara. Fora de choupana em choupana, conversar com as comadres. Algumas se mostraram reticentes, mas a maioria, com suspiros e "ah, Deus, bom Deus", passou a avaliar a mudança e o benefício que a irrigação traria e a quantidade de milho que seu terreno poderia produzir, quanto de painço e de víveres, e o preço que isso alcançaria no mercado, e bem que estou precisando de alguns metros de pano para um vestido, e meu homem de uma calça e um

---

41 Literalmente, "teleboca".

blusão, as crianças, nem precisa dizer, viviam quase nuas, era uma vergonha e um pecado, ainda mais que apesar da miséria e da doença elas cresciam rijas como erva daninha. (Resiste a morrer, o negro. É duro como ninguém.)

Quanto aos homens, não dava para saber. Alguns se reuniram na casa de Larivoire, homem de idade, notável por seus bons conselhos. Até seu filho, Similien, tinha sido visto saindo da choupana de Florentine com uma garrafa de pinga, porque, como se sabe, a pinga torna a língua ligeira e as ideias mais claras.

Antoine, mancando o mais rápido que conseguia, dirigiu-se para a casa de Bienaimé. Estava radiante. Só tinha uma palavra na boca: *coumbite*; dizia que comporia uma canção sobre Manuel, e, até onde a memória dos homens alcançava, nunca ninguém teria ouvido canção mais linda e mais estimulante para o trabalho.

Mas Bienaimé o mandara para o inferno, o que não tinha estragado o humor de Antoine. Naquele momento, sentado diante de sua porta, ele apertava as cordas do tambor, para lhes dar a tensão correta, para que os sons pudessem chegar longe e repercutir por toda a planície o recado de que a boa vida estava de volta.

– E, *simidor* – ele falava para si mesmo –, vamos ver se você não enferrujou, vamos ver se seus dedos não adormeceram, vamos ver se a cabeça ainda tem tantas canções quanto uma colmeia tem de mel.

Ele testava o tambor, aguçava o ouvido: sua boca desdentada ria à larga.

Logo estaria conduzindo a brigada dos camponeses, com o tambor a tiracolo, ao amanhecer.

As palavras já começavam a se enxertar na cadência de uma melodia nascente:

Général Manuel, salut ho, salut ho.[42]

Sua voz regia as enxadas baixando:

Salut ho
Salut ho

Crianças chegaram correndo para ouvi-lo e o rodearam, mas ele expulsou os negrinhos, queria ficar sozinho e que nada o atrapalhasse enquanto a canção amadurecia nas batidas do tambor.

---

42 "General Manuel, salve ô, salve ô."

XI

Manuel tinha conversado com os camponeses, um por um. Durante anos, o ódio fora um hábito para eles. Dera-lhes um objeto e um alvo para a raiva impotente contra a natureza. Mas Manuel traduzira em bom idioma crioulo a linguagem exigente da planície sedenta, a queixa das plantas, as promessas e todas as miragens da água. Levara-os a um passeio antecipado por suas colheitas: seus olhos brilhavam ao ouvi-lo. Só que havia uma condição: a reconciliação. E o que lhes custava? Um gesto, alguns passos como para atravessar uma ponte e deixava-se para trás os maus dias de miséria, entrava-se na abundância. Hein, compadre, o que acha? O outro, descalço na poeira, trapos rasgados, magro e esfomeado, ouvia em silêncio. É verdade que estamos cansados dessa velha história. Para quê, afinal de contas? E se fizéssemos cantar uma missa ao mesmo tempo para Dorisca e Sauver, para o repouso das almas deles? Também eles se reconciliariam no túmulo e deixariam os vivos tranquilos. Porque mortos insatisfeitos é uma coisa ruim, até mesmo perigosa. O certo é que não podemos nos deixar morrer. Então? Então, já que é assim, concordo, mas quem vai falar com os outros? Eu, respondia Manuel.

... Os outros estavam reunidos na casa de Larivoire. A notícia era grave, exigia conselho. Larivoire acariciava os raros pelos de sua barba de bode. Tinha o olhar calmo e astuto e a boca, prudente: o que ele via, ele avaliava; do que dizia, tinha pesado antes os prós e os contras. Sua idade avançada tinha lhe ensinado aquela grande sabedoria. Na disputa atroz que dividia Fonds-Rouge, ele só tomara partido por razões de parentesco, mas com moderação, evitando exaltar os espíritos, apaziguando-os quando necessário. Sua palavra era ouvida e respeitada; sua opinião tinha valor de sentença.

– Quer dizer, então, que eles vão ter água – disse Mauléon.

Não disse mais nada. Seu olhar vagou, para além da estrada, até seu campo arrasado pelo sol. Devia 15 piastras para Florentine. Hilarion reclamava como pagamento sua égua baia. Animal tão bom que valia quatro vezes mais. E Cia, sua mulher, de cama com aquela febre que a corroía, e todos os remédios não tinham adiantado nada para curá-la. Dorméus, dizendo que algum malvado lhe tinha lançado mau-olhado, pedia um monte de dinheiro para livrá-la daquilo, aquele ganancioso. Sim, podia-se dizer que eles estavam com uma boa conta de problemas. O sol atravessava as folhas de palmeira que cobriam o caramanchão e desenhava no chão uma esteira listrada. Uma garrafa de pinga e canecas esmaltadas estavam sobre a mesa mal polida.

Pierrilis se serviu, despejou algumas gotas no chão e tomou o resto de um trago só.

– E como saber se é verdade? – perguntou.

Enxugou a boca com as costas da mão.

– Sim – ele repetiu –, quem vai saber se a notícia é verdadeira.

Larivoire inclinou a cadeira para trás, apoiando o encosto num poste do caramanchão. Franziu as pálpebras. Na savana, a luz fazia uma dança de agulhas em brasa: era insuportável.

– A mentira – ele disse – é como dinheiro emprestado a juros. Tem que render. Que interesse esse Manuel teria em mentir? Que benefício renderia para ele?

– Então eles vão poder irrigar seus terrenos – suspirou Termonfis.

– E nós vamos ficar olhando, com a boca seca – disse Ismaël.

De cócoras, Gervilen não dizia nada. Em seus olhinhos

afundados debaixo das sobrancelhas latejava um brilho preocupante.

– Têm sorte, esses malditos – murmurou Josaphat.

Ele acabava de se juntar com uma jovem negra de Mahotière. Fazia dois dias que os dois estavam vivendo de biscoitos duros molhados em um pouco de melaço. Marianna não se queixava, mas permanecia calada como uma sombra. Era pior do que todas as censuras.

– Não – gritou Nérestan.

Bateu na mesa com toda a força, de punho cerrado.

– Estou dizendo: não.

Seu peito largo arfava. O suor lhe banhava o rosto.

– Não o quê? – perguntou Larivoire, puxando os pelos da barba.

Nérestan sentou-se de novo.

As palavras nunca tinham sido seu forte. Daí sua violência de touro selvagem. O que não conseguia explicar com um discurso, ele lançava, com o punho cerrado, no nariz das pessoas. Suas mãos eram como batedores de roupa, capazes de deixar um homem azul sem usar anil.

Houve um silêncio. O galo de briga de Larivoire bateu as asas cor de canela e cantou. Do fundo dos quintais da vizinhança, outros galos responderam.

– Antes deixar Fonds-Rouge – disse Josaphat – do que ficar vendo os outros desfrutarem da vida, enquanto continuamos comendo a miséria.

– Então você vai sair pelas estradas pedindo esmola de porta em porta? – disse Louisimé Jean-Pierre, com uma risadinha.

– Meu terreno dava trinta sacos de milho bem contados – disse Ismaël. – Quanto às batatas, havia o suficiente para engordar os porcos. A terra continua lá, uma terra boa que só está esperando um pouco de água. Há quantas estações não cai chuva, é o que pergunto.

– Tudo isso é falação inútil – interrompeu Mauléon. – O que vamos fazer?

– Não há o que fazer – disse Josaphat, encolhendo os ombros desanimado.

– Vocês são homens ou cães?

Gervilen saltara. A fúria o sacudia. Seus olhos lançavam faíscas no carvão de seu rosto. Um pouco de espuma branqueava-lhe a boca.

– Sentados aí como velhas desfiando o rosário de sua miséria. Nenhum negro valente entre todos vocês.

Cuspiu com desprezo.

– Bando de covardes.

Nérestan se levantou. Tinha o dobro do tamanho de Gervilen.

– Você não tem o direito, não, não tem o direito – ele gaguejou.

– Senta – berrou Gervilen.

Para espanto dos outros, Nérestan obedeceu. Balançava-se na cadeira como um urso, com a cabeça enfiada nos ombros.

– Vou dizer o que vamos fazer.

Agora a voz de Gervilen soava áspera e estridente, como uma lima. As palavras passavam-lhe com esforço entre os dentes cerrados:

– Vamos pegar a água, vamos pegar à força.

– Assim é que se fala, rapaz – exultou Nérestan.

Levantou-se um tumulto. Todos queriam ser ouvidos. Mulheres saíram às portas para ver o que estava acontecendo.

Larivoire ergueu os braços.

– Vou falar – ele disse.

Esperou a barulheira se acalmar.

– Vou falar. E é bom vocês me ouvirem se quiserem evitar uma desgraça. Você, Gervilen, herdou do finado

Dorisca o sangue quente demais. Não estou te repreendendo. Mas desde moleque você já revelava esse caráter. Minha comadre Miranise, sua mãe, deveria ter te castigado, mas o macaco nunca acha que seu filhote é feio, não me leve a mal. Está falando em pegar a água à força, mas quem tem a força é sempre a lei. Vocês vão acabar todos na prisão. E tenho outra notícia. É importante. Annaïse veio falar com a minha senhora, ainda hoje de manhã.

Ao ouvir o nome de Annaïse, Gervilen estremeceu inteiro e seus traços se endureceram como se fossem talhados em pedra escura.

– Então ela veio, Annaïse, e pelo que ela ouviu parece que para levar água até a planície seria necessário um *coumbite* de todos os camponeses de Fonds-Rouge, porque é uma tarefa enorme, um trabalho difícil demais, que a gente daquele Manuel não conseguiria fazer por sua conta. Então, se não houver reconciliação, a água vai ficar onde está. Necessariamente.

Gervilen deu uma gargalhada. Era uma risada assustadora de ouvir. Era como se alguém rasgasse uma chapa enferrujada.

– Mas será que vocês não veem – ele gritou – que Manuel e Annaïse são cúmplices?

– Cuidado – disse Gille –, está falando da minha irmã.

– Cala a boca, imbecil – urrou Gervilen.

– Primo... – disse Gille, com voz lenta e como que adormecida.

Sua mão agarrou bruscamente o cabo do facão.

– Vocês estão loucos?

Larivoire se lançou entre eles.

– Negros sem respeito, ah, negros amaldiçoados. Estão querendo fazer correr sangue na minha choupana, sem consideração por meus cabelos brancos?

– Desculpe – disse Gille –, foi ele que injuriou minha irmã.

– Eu disse a verdade – replicou Gervilen –, e, se a verdade tem gosto de sangue, azar, azar três vezes.

– Você, Gervilen, fique ali; Gille, *chita*[43] aqui – ordenou Larivoire.

Voltou-se para os camponeses.

– Seus ouvidos ouviram. O que têm a dizer?

– Irmãos – gritou Gervilen –, querem comprar vocês, querem trocar sua consciência por um pouco de água.

– Paz, então – disse Larivoire. – Deixe os outros falarem.

Mas os camponeses ficaram calados. Sentiam no rosto o olhar de Gervilen cavoucar seu caminho até o fundo do pensamento deles.

Água. Sua esteira ensolarada na planície; o marulho no canal do terreno, o farfalhar quando em seu curso encontra as cabeleiras de capim; o reflexo espraiado do próprio céu à imagem fugidia dos juncos; as negras enchendo na fonte as cabaças molhadas e as moringas de argila vermelha; o canto das lavadeiras; as terras encharcadas, as altas colheitas amadurecendo.

Debatiam-se contra a tentação.

– Isso exige reflexão – murmurou Ismaël.

– Alguns negros não têm sentimentos, como os cães – disse Gervilen, amargo.

Ismaël não respondeu: "Trinta sacos de milho", pensou, "e as batatas, os víveres".

E os outros camponeses também calculavam o possível rendimento de seus campos, faziam projetos e previam o futuro. Mas não ousavam dizer nada. A presença de Gervilen os constrangia. Estava plantado no meio deles. Seu olhar corria de um para outro como um rato enfurecido.

Larivoire percebeu a indecisão deles:

---

43 Em crioulo no original: "Sente-se".

– Bom, não tem pressa. Ao contrário, será preciso examinar a questão com a cabeça descansada. Amanhã-se-deus-quiser vamos nos reunir para tomar uma decisão.

Os camponeses se levantaram. Furioso, Gervilen foi o primeiro a ir embora sem se despedir de ninguém, nem mesmo de Larivoire.

Na porteira, Nérestan o alcançou e, com a voz humilde que os gigantes assumem para falar com os baixinhos que se impõem a eles:

– Compadre Gervilen, tenho uma coisa para lhe dizer.

– À merda – respondeu o outro, sem se voltar.

XII

Bienaimé, por sua vez, mostrava-se intratável. Mal dirigia a palavra a Manuel, e ainda assim só para mandar: "Faça isso, faça aquilo; traga a bezerra malhada, eu mesmo vou vendê-la em Pont-Beudet".

Por Annaïse, Manuel soube o que acontecera na casa de Larivoire. Gille voltara bufando de raiva de Gervilen e só falava em lhe cortar a cabeça rente ao traseiro para curá-lo da insolência. A gorda Rosanna, que já via o filho nas mãos dos guardas, teve um ataque. Perdeu os sentidos, o que assustou Gille ao extremo, mas ao mesmo tempo o acalmou. Declarando-se partidário da reconciliação, foi a campo para persuadir os outros, os jovens, e conseguiu mais ou menos arrastar Mauléon, Ismaël, Termonfis e Pierrilis. Larivoire os incentivava em surdina. Os outros ainda hesitavam, embora cada vez com menos força, pois o que Manuel tinha previsto aconteceu: as negras começaram a tornar a vida deles impossível. Passaram a atormentá-los sem trégua, zumbindo nas orelhas deles mil perguntas e um monte de queixas: eram piores do que vespas. Por mais que eles tentassem escapar para tomar um pouco de ar ou um grogue na venda de Florentine, na volta elas os esperavam na porteira ou no umbral da porta e as recriminações recomeçavam.

Louisimé Jean-Pierre tinha perdido a paciência e até feito menção de impor silêncio à sua negra enfurecida com um tabefe bem aplicado, mas ela ameaçara gritar: "pega o assassino" e, temendo o escândalo, Louisimé desistira, o que lhe deixara uma comichão na palma da mão.

Então a outra, vendo seu triunfo, começara a aborrecê-lo com todo tipo de provérbios, como "dente podre só tem força para banana madura", querendo dizer que ele só a tratava assim porque ela era uma mulher fraca e indefesa; continuara nesse tom por um bom tempo, de modo que no fim Louisimé, não conseguindo se conter, soltara poucas e boas no meio daquela tagarelice toda; e eis que, em vez de alertar o bairro, ela se desmanchara em lágrimas, amolecendo o coração de Louisimé, enchendo-o de vergonha e arrependimento.

Até Marianna, mulher de Josaphat, tinha saído de seu mutismo:

– Em Mahotière – ela dizia –, nós temos água. Mas para os terrenos a irrigação nem é necessária. Basta o frescor, o orvalho da manhã. Ao amanhecer, tudo está brilhante e molhado. Só vendo, é como uma espuma de sol. – Ela suspirava. – Sim, meus amigos, em Mahotière a vida é fácil, graças a Deus, sim.

Josaphat perguntava:

– O que você acha dessa história de reconciliação?

– Vocês, homens, são os senhores. Será como decidirem.

Estavam dentro da choupana. Ele atraiu sua jovem negra e a apertou nos braços.

– Josaphat, meu homem – ela disse –, há muitos dias eu já queria anunciar. Estou grávida, querido. Mas nunca terei força de carregar esse filho até o fim se continuarmos nessa miséria.

Josaphat a soltou, com a testa marcada por um vinco.

– Então você acha que...

– Sim – ela disse com firmeza.

Ele pareceu refletir, depois seu rosto se iluminou.

– É ele quem manda, esse negrinho. Vou dizer a Gille que sim.

– É a vida que manda – disse Marianna –, e a água é a resposta da vida.

... De modo que as coisas pareciam estar se arranjando e tomando o rumo certo. Gervilen o sentia e se derramava em imprecações. Aliás, desde a reunião na casa de Larivoire ele não parava de se embebedar. Nérestan lhe fazia companhia. Mas, ao contrário de Gervilen, o tafiá fazia Nérestan tomar a vida pelo lado divertido. Não sobrava nada de sua violência. Tornava-se dócil como uma barrica. Era só empurrá-lo para a ladeira que ele rolava até o fundo de uma embriaguez feliz. Gervilen tentara instigá-lo. Nada a fazer. O outro abria a bocarra e ria. Do quê? De uma história que lhe contaram em outros tempos. Ele a esquecera, mas tinha certeza de que era engraçada. Finalmente, Gervilen o injuriara e Nérestan fora embora muito zangado, inclinado sob o efeito dos grogues como um mastro de veleiro no meio da borrasca e repetindo para quem encontrasse que só seu bom temperamento impedira que ele, Nestor Nérestan, esmagasse Gervilen como uma pulga...

Naturalmente, o caso todo chegara aos ouvidos de Hilarion. Não tinha gostado nem um pouco daquilo. O tal Manuel estava atrapalhando seus planos, e como. Se chegassem a irrigar suas terras, os camponeses se recusariam a cedê-las em pagamento das dívidas e dos empréstimos a juros extorsivos que acumulavam com Florentine. Seria preciso trancar Manuel a chave, na prisão do povoado, e obrigá-lo a dizer onde ficava a fonte. Havia meios para fazê-lo falar. Em seguida, deixaria os camponeses secarem de tanto esperar e, quando tivessem perdido o ânimo e a esperança, ele, Hilarion, lhes roubaria os terrenos e se tornaria proprietário de uns bons quadrados de terras bem irrigadas. O ruim era ter de dividi-las com o tenente e o juiz de paz. Eram uns gananciosos. Mas Hilarion daria um jeito de ficar com a melhor parte.

A primeira coisa a fazer era tratar de Manuel. De todo modo, era um mau elemento, um negro perigoso que fazia discursos de rebelião aos camponeses.

– Você estará fazendo seu dever – disse Florentine,

ex-prostituta de La-Croix-des-Bouquets que Hilarion tinha recolhido da sarjeta e a quem a ambição por dinheiro devorava como uma febre maligna –, esse Manuel está contra a lei e a ordem estabelecida, está contra o Governo.

– A mão na consciência – praguejou Hilarion, cobrindo com a grande pata peluda o distintivo de oficial da polícia rural que brilhava em seu peito –, mão na consciência e na verdade de Deus, esse é meu dever.

... Quem diria que logo a vida renasceria em Fonds--Rouge?

No incêndio da tarde, o morro se erguia com seus flancos completamente dilacerados pelo deslizamento das rochas. Os pés de fruta-pão, doentes de tão secos, serviam de poleiro para os corvos. Quando por um momento seus grasnados se acalmavam, ouvia-se entre as algarobas o grito ofegante das galinhas-d'angola. O charco Zombi exalava um cheiro quente e podre que o vento impelia para o povoado com nuvens de mosquitos.

– Está bem amarrado? – gritou Bienaimé.

– Sim – respondeu Manuel, puxando a correia mais uma vez.

Délira ergueu a cabeça para o sol:

– Você vai chegar antes do cair da noite.

Ela suspirou. Fizera tudo para dissuadi-lo daquela viagem.

O alazão coxo que Dorismond tinha emprestado para a ocasião esperava debaixo da cabaceira. Bienaimé pôs o pé no estribo e montou na sela com um pouco de esforço. Aquela sela era o último esplendor que lhe restava. Mas faltava o xabraque. Um saco o substituía.

– Adeus, Délira – disse Bienaimé.

E para Manuel:

– Desamarre o animal, me dê a corda. Abra a porteira.

– Adeus, meu homem – disse Délira.

Bienaimé fez um muxoxo e instigou o alazão batendo com os calcanhares. A bezerra seguiu docilmente.

Manuel tinha tirado os bambus grossos que serviam de porteira.

– Boa viagem, sim, pai – ele disse.

– Obrigado – respondeu Bienaimé secamente, sem olhar para o filho.

Manuel voltou para a choupana. As mabuias arrastavam suas barrigas gordas e moles na poeira do caminho e corriam perseguindo uma a outra, sob a cerca de cactos--candelabros, no terreno abandonado aos cardos.

– Que ele é teimoso, isso ele é – queixava-se a velha. – Até parece que você não poderia cuidar dessa venda. Será que ele não se dá conta da idade que tem? Agora vai ser obrigado a passar a noite em Beudet, debaixo de um telheiro qualquer, e o frio do sereno não vai ajudar em nada o reumatismo dele. Sem contar que amanhã à tarde vai ter que fazer todo esse longo caminho de volta. Na verdade, esse Bienaimé é um negro sem juízo.

Embora Manuel desejasse evitar ao pai o cansaço da viagem, não tinha insistido muito para que ele desistisse. Aproveitaria sua ausência para ir à reunião que haveria aquela noite na casa de Larivoire, surpreender os camponeses com sua presença inesperada, não lhes dando tempo para reagir, e convencê-los de que a única saída para sua situação era a reconciliação.

Para ocupar sua impaciência, começou a tecer um chapéu de latânia. A mãe sentou-se perto dele, na varanda.

– Hoje cedo – ela disse – encontrei Annaïse. Certamente ia a Mahotière para lavar roupa, ia levando um cesto cheio de trapos. E ela me cumprimentou. "Bom dia, mãe", ela disse.

Os dedos diligentes de Manuel laçavam e entrelaçavam a palha:

– E sabe o que respondi? "Bom dia, nora", foi isso que respondi. Ela me mostrou os dentes num sorriso. Que belos dentes brancos, que olhos grandes, que pele negra fina como seda, e, além disso, é uma negra de tranças compridas, vi por uma mecha de seu cabelo que ficou de fora do lenço. Na verdade, o bom Deus a enfeitou com as próprias mãos.

"Mas, você sabe, o que importa de verdade não é tanto uma bela aparência, são os bons costumes, e essa Annaïse parece muito decente, ninguém diria o contrário. Nos dias de hoje, não é fácil encontrar, não. Muitas dessas negrinhas perderam o respeito pelos costumes dos antigos. A cidade lhes virou a cabeça. Parece que lhes esfregaram pimenta na planta dos pés. Não param quietas, essas sem-vergonhas. A terra já não serve para elas, preferem trabalhar como cozinheiras na casa dos mulatos ricos. Como se fosse coisa que se faça."

A velha fez um muxoxo de desprezo.

– Pecado, estou dizendo que é pecado, é o que eu digo.

—

... Compadre, não conhece a fonte de Mahotière? É que você não é destas paragens, irmão. É nas entrepernas do morro que essa fonte corre. Você deixa as choupanas e os terrenos e descendo o declive chega facilmente ao barranco. É um barranco fresco, por causa de uma falésia escarpada e dos galhos de cajazeira que a sombreiam. Há samambaias onde quer que transpire umidade, e uma manta de agrião e hortelã mergulha na correnteza lenta. Sob as rochas, pescam-se camarões, não muito grandes e da cor da água ensolarada, para serem menos visíveis, animais astutos, mas são pegos com cestos, e com arroz é um bom manjar, pode acreditar.

Parece que o sol se diverte brincando sobre os seixos e a tagarelice contínua da água que se mistura aos estalos dos batedores das lavadeiras sobre a roupa molhada cria um barulho incansável, um murmúrio risonho que acompanha o canto das negras.

Não, não há por que lamentar os de Mahotière. Têm tudo do que precisam: uma terra vermelha e fértil disposta em terraços planos, boa para todos os víveres. Os abacateiros e as mangueiras protegem as choupanas contra os ardores do dia, e sobre as cercas veem-se correr os cachos de campainhas cor-de-rosa, como se chama a planta, mesmo? Trepadeira mexicana, é esse o nome dela.

Mas a grande sorte de seus camponeses é a fonte. Nos arredores não há água melhor nem mais clara, e dos lados de Plaisance, na curva aberta da ravina, ela chega ao solo da planície, onde os negros do lugar a distribuíram por seus arrozais.

Os velhos de Mahotière contam então que a Senhora da Água é uma mulata. À meia-noite, ela sai da fonte, canta e penteia seus longos cabelos molhados, produzindo uma música mais doce do que a de violinos. É um canto de perdição para o indivíduo que ouve, não há sinal da cruz nem nome do Pai que o salve, seu malefício o pega como peixe na rede e a Senhora da Água o espera à beira da fonte, cantando e sorrindo, fazendo sinal para que ele a siga para o fundo das águas, de onde nunca mais voltará.

Annaïse estendeu a roupa para secar sobre as pedras: seus vestidos, seus lenços azuis, roxos, vermelhos, enfim, tudo o que era seu; as calças de Gille, seu irmão, com grandes remendos, nos lugares em que seria vergonhoso se faltassem; as saias de babados de renda de Rosanna, como as que são usadas por pessoas em idade séria, e os lenços brancos, que será preciso engomar com amido e que a mãe põe na cabeça para ir ao povoado, com seu xale preto.

Ela inclina a cabeça sobre a roupa, suas mãos ativas torcem o pano e fazem o sabão espumar. Parece uma rainha da Guiné, Annaïse, com os quadris empinados, os seios nus, duros e erguidos, a pele muito escura e lisa.

Sua prima Roselia está lavando roupa a seu lado. Fala sem parar, conta histórias de Fonds-Rouge, as que são verdadeiras e as que ela inventa. É uma língua ferina, aquela Roselia. Mas Annaïse ouve sem escutar. Seus pensamentos estão em Manuel.

"Manuel, querido", ela pensa, e uma onda de calor a invade, um desmaio tão doce que dá vontade de fechar os olhos, como quando na noite anterior ele a acariciou e ela sentiu-se à deriva de uma correnteza ardente, em que cada onda era um frêmito de seu corpo, e ele a cobria inteira, misturava-se a ela, que só lhe largava a boca para gritar aquele canto dilacerante do sangue que brotava do segredo de sua carne e desabrochava num lamento feliz e liberto.

"Sou mulher dele", ela pensa e sorri. "Foi preciso você percorrer esse longo caminho de Cuba até aqui para me encontrar. É uma história que começa como um conto: era uma vez, mas é um conto que termina bem; sou sua mulher porque, ah, Deus, há contos que são cheios de morte e desastres."

– Parou de trabalhar, está cansada? – pergunta Roselia.

Annaïse balança a cabeça como que saindo de um sonho.

– Não, prima – ela diz.

Pega o batedor e bate na roupa. O anil desbota na água e entra na correnteza.

Roselia já tem quatro filhos. Seu peito está seco e murcho. Ela olha com inveja os seios inchados de Annaïse, as pontas malva como uvas.

– Você deveria se casar – ela diz.

– Eu? – diz Annaïse. – Tenho todo o tempo pela frente.

Ela abafa um risinho que a outra toma por timidez das jovens negras, mas é um riso que quer dizer: vai ser uma boa surpresa, isso sim, quando vocês me virem na minha choupana com meu homem Manuel, e vai haver loureiros no nosso jardim e juncos beirando o canal.

—

... O dia terminou com o crepúsculo, o céu se enevoou, o morro se apagou, a mata entrou na sombra, uma fina foice de lua se pôs a viajar entre as nuvens e a noite chegou.

Um depois do outro, os fogões das cozinhas se apagaram; ouve-se uma voz de mulher aborrecida chamando seu negrinho que está se demorando em suas necessidades no quintal, apesar do grande medo de lobisomem; um cão uiva, um outro responde e, de porta em porta, organiza-se um concerto de latidos.

Chegou a hora do descanso, em que cada um vai se deitar na esteira, fechar os olhos, tentar esquecer sua miséria no sono.

Fonds-Rouge adormece no escuro; não há uma luz, a não ser na casa de Larivoire; uma vela acesa no meio da mesa, debaixo do caramanchão, e alguns camponeses já estão lá: o dono da choupana, seu filho Similien, Gille, Josaphat, Ismaël, Louisimé. Os outros virão sem demora.

Manuel sabe e espera.

– Diga, Manuel, está dormindo, Manuel? – pergunta a mãe, do quarto ao lado.

Sentado na cama, ele não responde; está fingindo. Apenas queima debilmente diante da imagem de um santo o pavio mergulhado no óleo de mamona da luz eterna. Um sopro de ar passa debaixo do batente mal vedado da janela, faz a chama se agitar e aviva as cores desbotadas. É a imagem de São Tiago e ao mesmo tempo é Ogoun, o deus daomeano. Tem um ar indomável com aquela barba eriçada, brandindo o sabre, e a chama aviva o colorido vermelho de sua veste; parece sangue fresco.

Em meio ao silêncio, Manuel ouve a mãe virar-se na cama de palha, buscando uma boa posição para o sono. Murmura palavras que ele não entende, talvez uma oração, uma última prece: Délira é uma pessoa que tem intimidade com os anjos.

O tempo passa e por fim Manuel se impacienta. Vai até a porta e escuta.

– Mãe – chama baixinho.

Uma respiração tranquila chega até ele. A velha adormeceu.

Manuel abre a janela com muito cuidado. As dobradiças enferrujadas rangem um pouco. Ele se esgueira pela noite. O cãozinho o reconhece sem latir e corre por um momento no seu encalço. Está escuro como a casa do diabo. Felizmente um fiozinho de lua escoa sobre o caminho. Os cactos erguem um muro de trevas ao longo do terreno. Os grilos cricrilam no mato. Manuel atravessa as esteiras da porteira. Está na estrada.

A choupana de Larivoire não é longe. A luz é um sinal e o guia. Ele passa em frente da choupana de Annaïse. "Boa noite, minha negra", ele pensa. Imagina-a deitada, o rosto sobre o braço dobrado, e é tomado por um grande desejo por ela. Aquela semana, Bienaimé e Délira levarão a Rosanna a carta de pedido. Que belas palavras escrevera o sr. Paulma. Ele as lera em voz alta para Manuel, passando a língua nos lábios de tanta satisfação, como se lhe escorresse melado da boca. E depois lhe oferecera rum, um rum fino, na verdade. Manuel sempre lamentara não conhecer a escrita. Mas quando, graças à irrigação, a vida melhorasse, pediriam ao Magistrado Comunal do povoado que instalasse uma escola em Fonds-Rouge. Ele proporia aos camponeses construírem voluntariamente uma choupana para abrigá-la. É preciso ter instrução, ajuda a compreender a vida. Prova era aquele *compañero* em Cuba, que lhe falava de política na época da greve. Sabia das coisas, *o hijo de... su madre*, e as situações mais complicadas ele esclarecia que era uma maravilha; a pessoa via na sua frente cada pergunta alinhada no fio do raciocínio dele como roupa enxaguada pendurada ao sol para secar; o assunto ficava tão cristalino que dava para pegá-lo com a mão, como um bom naco de pão. Ele o punha, por assim dizer, ao nosso alcance. E, se o camponês fosse à escola, com certeza não seria tão fácil enganá-lo, abusar dele e tratá-lo como burro.

Chega à porteira de Larivoire. A noite o envolve. Os camponeses estão em círculo debaixo do caramanchão. Gervilen está falando. Os outros escutam. Larivoire meneia a cabeça, faz um gesto para interromper, mas Gervilen continua. Agita os braços no ar, bate o pé.

– Honra – grita Manuel.

– Respeito – responde Larivoire.

Manuel se adianta rapidamente. Os camponeses o reconhecem quando ele chega à luz. Alguns se levantam, outros permanecem pregados na cadeira, boquiabertos, petrificados de espanto.

– Eu vim, irmãos – diz Manuel.

– Entre com respeito – replica Larivoire.

– Eu lhes digo boa-noite, irmãos.

Alguns respondem de má vontade; outros não.

Larivoire oferece-lhe sua cadeira.

– Com sua permissão – diz Manuel –, ficarei em pé diante de seus cabelos brancos.

Larivoire sorri com o canto dos lábios. Manuel conhece os bons costumes.

Manuel apoia as costas num pilar do caramanchão:

– Venho trazendo paz e reconciliação.

– Fale – diz Larivoire –, estamos ouvindo.

– É verdade, sim, o que andam dizendo. Juro pela cabeça da minha velha mãe, descobri uma grande fonte.

– Mentira – grunhiu Nérestan.

– Eu fiz um juramento, compadre Nérestan, e não tenho o hábito da falsidade. Lembre-se, quando éramos moleques, desse tamanho, um dia acusaram você de ter roubado espigas de milho no terreno de Dorismond e me apresentei para confessar que tinha sido eu, mesmo que meu pai me tenha arrancado a pele a chibatadas.

– Verdade – exclamou Nérestan –, minha nossa, você tem boa memória.

Agora eles riam de orelha a orelha e davam nas coxas tapas de esmagar a cabeça de qualquer cristão.

– Feche esses dentes – guinchou Gervilen raivoso.

– Aquelas espigas de milho eu roubei para assá-las na mata com Josaphat e Pierrilis. Na época, éramos parceiros.

(É um negro esperto, pensa Larivoire com admiração. Desviou a tempestade.)

– Fui embora para terras estrangeiras – Manuel continuou – e, quando voltei, encontrei Fonds-Rouge arrasado pela seca e mergulhado numa miséria sem igual.

Fez uma pausa:

– E encontrei os camponeses separados pela discórdia.

O mal-estar voltou. Os rostos dos camponeses se contraíram.

Manuel foi direto ao ponto:

– Há um meio de sair da seca e da miséria: é acabar com essa desavença.

– Nunca se pode acabar com o sangue – gritou Gervilen. – Correu sangue, o sangue de Dorisca. Era meu pai. Esqueceram?

– E Sauveur morreu na prisão – disse Larivoire. – A vingança se cumpriu.

– Não, pois não fui eu quem o matou, com estas mãos, com minhas próprias mãos.

Um esgar frenético retorcia o rosto de Gervilen. Ele agitava as mãos como enormes aranhas.

– Compadre Gervilen... – começou Manuel.

– Não me chame de compadre. Não sou nada seu.

– Todos os camponeses são iguais – disse Manuel –, todos formam uma única família. Por isso chamam-se de irmão, compadre, primo, cunhado. Um precisa do outro. Sem ajuda de um, o outro perece. É a verdade do *coumbite*. A fonte que encontrei exige a participação de todos os camponeses de Fonds-Rouge. Não digam que não. É a vida que manda, e, quando a vida manda, é preciso responder: presente.

– Falou bem – disse Gille.

"A vida manda." Não era essa a frase de Marianna?

Josaphat se levanta:

– Presente – ele diz –, estou de acordo.

– Diga uma coisa, é água suficiente? – pergunta Ismaël. – Porque meu terreno, antigamente, dava trinta sacos de milho bem contados.

– Cada um terá o que precisa e à vontade.

– Canalha – soltou Gervilen, virando-se com um movimento tão brusco para Ismaël que este levou a mão ao facão.

– Ah, compadre Gervilen – ele disse, balançando lentamente a cabeça, mas com o olhar vigilante –, você não controla a boca. Não tem respeito por seu semelhante. Um dia ainda vai se arrepender, sim.

– Aí está um negro chato – murmurou Mauléon.

– Já vejo tudo, estão todos contra mim.

Gervilen falava como se salivasse uma bile viscosa.

– Vocês venderam sua consciência por alguns pingos de água.

– Você bem que venderia sua consciência se fosse por pinga.

Gervilen pareceu não ouvir Gille.

– E você, Larivoire, defendeu bem a família. Obrigado, é o que digo: obrigado, porque em consideração à sua idade não vou dizer, como a esse bando de sacanas, o que penso de você.

– Mas – Larivoire perdeu a paciência – será que você não é capaz de pensar um pouco, será que a razão não consegue entrar no seu cérebro?

– Não, puxa vida, eu não quero.

Dirigiu-se para Manuel. Parou a dois passos dele. Olhou-o longamente, como se o medisse, e disse com um sorriso que lhe rasgava a boca:

– Você cruzou duas vezes o caminho de Gervilen Gervilis. Uma vez já seria demais.

E desapareceu na noite.

Os camponeses sentiram-se libertados pela partida de Gervilen. Respiraram mais à vontade.

– Esse Gervilen parece atormentado por um mau espírito – disse Louisimé Jean-Pierre.

– É um estorvo, esse negro – acrescentou Pierrilis.

Manuel não tinha saído do lugar. Afastou Gervilen do pensamento, como se enxota um mosquito. Esperava a decisão dos camponeses.

Naturalmente eles aceitavam, os camponeses, mas não podiam responder assim, na hora. Pareceriam apressados demais. Afinal, o tal Manuel não deveria achar que tinha ganhado o jogo tão facilmente. Temos a nossa dignidade, não é?

Astuto como era, Larivoire compreendeu o caminho que as coisas tomavam:

– Você veio honestamente e nós te ouvimos. Mas ainda é muito cedo para dizer sim ou não. Espere até amanhã, se Deus quiser; eu mesmo vou te levar a resposta.

– Eu já estou de acordo – disse Gille.

– Eu respondi: presente – disse Josaphat.

– Não sou contra – disse Pierrilis.

– Nem eu – disse Ismaël.

Mas os outros ficaram em silêncio.

– Está vendo – disse Larivoire. – Alguns ainda não decidiram. Diga-se, sem querer te mandar embora: precisamos examinar o assunto entre nós. Obrigado pela visita, irmão.

– Você disse palavras agradáveis, Larivoire. Também lhes digo obrigado, irmãos camponeses. E, se o tal Gervilen voltar aqui, digam-lhe, por favor, que não guardo maus sentimentos contra ele, que minha mão está aqui, e escancarada para selar a paz e a reconciliação.

Nérestan levantou-se e dirigiu-se com passos pesados até Manuel. Sua cabeça quase tocava a cobertura do caramanchão, suas costas impediam a visão de quatro camponeses. Qual lenhador seria capaz de rachar e abater um homem como aquele, Manuel pensava ao vê-lo se aproximar.

– Compadre Manuel – disse Nérestan –, eu tinha esquecido essa história do milho. O negro não é ingrato; graças a Deus, Nestor Nérestan não é ingrato.

Ele oferecia sua mão gigantesca. Manuel a tomou. Uma força terrível dormia naqueles dedos grossos e rugosos como casca de árvore.

– Salve – disse Manuel.

– Salve – respondeu Nérestan.

Com um mesmo gesto, levaram a mão à testa.

– Seu criado – disse Nérestan.

– Seu criado – respondeu Manuel.

E Larivoire lhe tocou o ombro:

– Adeus, meu filho, você é um bom negro. Você me verá amanhã antes do meio-dia.

– Então adeus, Larivoire – disse Manuel.

– Pegue esse pedaço de madeira de pinho para iluminar seu caminho.

Larivoire estendeu-lhe a lenha acesa cuja chama esfiava-se em fumaça e espalhava um cheiro de resina.

– Grande gentileza – agradeceu Manuel. – Pois bem, primos, adeus então.

Dessa vez todos o saudaram; suas vozes já não hesitavam, transmitiam um tom de amizade.

Manuel atravessou a porteira; andava pela estrada; a tocha de pinho lançava um pouco de luz à sua volta; um pedaço de cerca saía da sombra; um porco surpreso, escondido entre os cardos, fugiu grunhindo; Manuel ia de coração leve. Que jardim de estrelas no céu, e a lua deslizava entre elas, tão brilhante e afiada que seria de esperar que as estrelas caíssem como flores ceifadas.

"Tenho certeza de que amanhã Larivoire trará a boa resposta. Você fez seu dever, cumpriu sua missão, Manuel: a vida vai começar de novo em Fonds-Rouge, e agora você poderá construir aquela choupana, ela terá três portas, repito, duas janelas, uma varanda com balaustrada e uma pequena escada. O milho crescerá tanto que não será possível enxergá-la da estrada."

Ele margeava a sebe de cactos de Annaïse.

"Assim será, minha negra, e você vai ver que seu homem não é um imprestável, mas um negro valoroso que estará de pé todos os dias ao primeiro canto do galo, um trabalhador da terra primoroso, um verdadeiro senhor do orvalho."

A choupana dormia, no fundo do terreno, sob as árvores. Ele parou por um instante. Aspirou o cheiro das flores e uma grande alegria calma e grave o penetrou. "Descanse, Anna, descanse, querida, até o levantar do sol."

Um ruído de mato pisado o fez voltar-se. Não teve tempo de deter o golpe. A sombra dançou à sua frente e o atingiu de novo. Um gosto de sangue subiu-lhe à boca. Ele cambaleou e caiu. A tocha se apagou.

XIII

Voltou a si e a longínqua claridade das estrelas soçobrava em lenta vertigem. Uma dor aguda o pregava ao chão. *"El desgraciado...* Vou morrer." Tentou se levantar. Voltou a cair de cara no chão. "Vou morrer; na estrada; como um cão. Conseguiu apoiar-se nos cotovelos e se arrastou um pouco. Estava fraco demais para gritar por socorro. Quem o ouviria naquela noite abandonada ao silêncio e ao sono? Com esforço imenso, o flanco e o ombro dilacerados pelas punhaladas, pôs-se de pé, cambaleando como um bêbado, os joelhos trêmulos, os pés de chumbo. E sempre o céu balançando, aquela náusea horrível. Deu alguns passos, titubeando. Cada movimento lhe custava uma dor lancinante dos ferimentos. Enxugou a boca, de onde escorria sangue. Com as mãos estendidas para a frente como um cego que abre caminho nas trevas, atravessou a estrada. Mas o pé falhou na valeta e ele desmoronou. Agarrando-se com as unhas aos cardos e aos capins, arrastou-se até a cerca e voltou a se erguer com uma força de vontade desesperada. Ele ofegava e um suor gelado lhe molhava o rosto. Seus dedos crispados seguiam a cerca; ia numa escuridão ofuscada por raios, a cabeça oscilando, tropeçando nas pedras. Fraquezas arrepiantes nasciam com os vômitos de algo espesso, coagulado, fazendo suas pernas se dobrarem. Abraçava um poste, mas seu peso inerte o arrastava, ele rolava no chão. Despertava, cada vez mais fraco, mas o pensamento inflexível de alcançar a porteira de sua choupana ressuscitava-lhe as últimas forças. Deslizou sob os bambus. O caminho corria à sua frente como um riacho sob o reflexo da lua. O cãozinho acudiu, latindo aflito, assustado com aquele homem que andava apoiado nas mãos e nos joelhos em direção à choupana.

Abateu-se com o corpo todo contra a porta.

– Quem está aí? – gritou a velha.

– Mãe – ele gemeu.

O cão uivava.

– Estou perguntando quem está aí! – repetiu a velha.

Ela se levantou, acendeu o lampião. Uma angústia mortal a fez tremer.

Atrás da porta, na escuridão, um lamento entrecortado:

– Por favor, mãe, depressa.

– Manuel? Jesus Maria José.

Ele estava deitado diante dela. Com seus pobres braços, ela puxou o grande corpo inerte até o quarto. Então viu o sangue e deu um grito.

– Eu sabia, eu sabia, ele foi assassinado, mataram meu filhinho. Socorro, meus amigos, socorro, meus amigos.

– Calma, mãe, calma – disse Manuel, num sopro. – Feche a porta e me ajude a deitar, mãe.

Ela o levou quase até a cama. Onde ia buscar força, a velha Délira? O pensamento de que ele ia morrer a enlouquecia. Ela o despiu. Duas pequenas chagas escuras perfuravam seu flanco e suas costas. Ela rasgou um lençol, enfaixou os ferimentos, foi acender o fogo para ferver folhas de cabaceira.

Manuel estava deitado, de olhos fechados, respirando com dificuldade. A luz eterna queimava sob a imagem de Ogoun. O deus brandia um sabre e seu manto vermelho o envolvia numa nuvem de sangue.

Délira sentou-se perto dele, cegada pelas lágrimas.

Os lábios de Manuel se moveram.

– Mãe, você está aí, mãe? Fique perto de mim, minha mãe.

– Sim, *pitite mouin*, sim, querido, estou aqui.

Ela acariciou sua mão, beijou sua mão suja de terra.

– Diga o nome desse malvado para eu avisar Hilarion.

Ele se agitou:

– Não, não.

Sua voz enfraquecida suplicava.

– Não vai adiantar nada. A água, é preciso salvar a água. os pombos-torcazes, eles estão batendo asas entre as folhagens, os torcazes. Pergunte a Annaïse o caminho que leva à figueira-brava, o caminho da água.

Seus olhos esgazeados brilhavam. Ela enxugou-lhe a testa banhada em suor grosso. Seu peito parecia erguer um peso esmagador.

Pouco a pouco ele se acalmou e adormeceu. Délira não ousava deixá-lo. Meu Deus, meus santos, Virgem, meus anjos, por favor, por favor, por favor, façam com que ele viva, porque se ele morrer o que vai fazer na terra esta velha Délira, digam, o que ela vai fazer na terra, sozinha, sem o consolo da sua idade avançada, sem a recompensa de toda a miséria que suportou em sua existência. Mãe de Jesus ao pé da cruz, ó Virgem dos Milagres, eu lhe peço graça, graça, misericórdia para meu filho, me leve em lugar dele, já tive meu tempo, mas ele ainda está no despontar da juventude, pobre-diabo, deixe-o viver, ouça, querida, ouça, minha mãezinha, minha bondosa, minha querida mãezinha, está me ouvindo, não é?

Um soluço a dilacerou. Caiu de joelhos, com os braços em cruz. Beijou o chão. Terra, Santa Terra, não beba o sangue dele, em nome do Pai e do Filho e do Espírito Santo. Assim seja. Ela chorava e rezava, mas para que servem as rezas e as orações quando chega a última hora de que o Livro fala: quando a lua se apaga e as estrelas se apagam, e a cera das nuvens esconde o sol, e o negro corajoso diz: estou cansado, e a negra para de pilar o milho porque está cansada, e um pássaro ri na mata como uma gralha enferrujada, e as que cantavam sentam-se em roda sem dizer uma palavra, e as que choram percorrem a rua principal do povoado e gritam: socorro, socorro, enterramos hoje nosso negro e lá vai ele para o cemitério, lá vai ele para o túmulo, lá vai ele voltar ao pó.

A luz passava por baixo do batente mal vedado da janela. As galinhas cacarejavam como de costume.

Manuel abriu os olhos. Aspirava o ar a pequenos sorvos ofegantes.

– Acordou, meu filho – disse Délira. – Como se sente? Como sente seu corpo?

Ele murmurou:

– Estou com sede.

– Quer um pouco de café?

Ele fez que sim piscando.

Délira foi pôr o café para esquentar e voltou com a infusão morna de folhas de cabaceira.

Lavou as feridas. Tinha escorrido muito pouco sangue.

– Estou com sede – ele repetiu.

A velha trouxe o café. Sustentou Manuel nos braços e ele bebeu com esforço. Sua cabeça voltou a cair no travesseiro.

– Abra a janela, mãe.

Ele contemplou o clarão de luz que aumentava no céu. Sorriu debilmente:

– O dia está amanhecendo. Todos os dias, o dia amanhece. A vida recomeça.

– Diga, Manuel – insistiu Délira –, diga o nome desse bandido para que eu avise Hilarion.

Suas mãos se agitaram sobre o lençol. As unhas eram de um branco escamoso. Ele falou, mas tão baixo que Délira foi obrigada a se debruçar sobre ele.

– Tua mão, mãe, tua mão. Me aquece. Estou com frio nas mãos.

Délira o contempla, desesperada. Seus olhos se dilataram no fundo das órbitas. Olheiras esverdeadas se estendem pelas faces escavadas. Ele vai embora, ela pensa, meu filho vai embora, a morte está com ele.

– Está ouvindo, mãe?

– Estou te escutando, sim, Manuel.

Vê-se que ele junta forças para falar. Através de uma névoa de lágrimas, Délira observa aquele peito que se ergue, que luta.

– Se você avisar Hilarion, vai ser de novo a mesma história de Sauveur e Dorisca. Ódio, vingança entre os camponeses. A água se perderá. Vocês ofereceram sacrifícios aos loás, ofertaram sangue das galinhas e dos cabritos para fazer cair chuva, não adiantou nada. Porque o que conta é o sacrifício do homem. É o sangue do negro. Vá falar com Larivoire. Diga a ele a vontade do sangue vertido: a reconciliação, a reconciliação para que a vida recomece, para que o dia amanheça sobre o orvalho.

Exausto, ainda murmurou:

– E cantem meu luto, cantem meu luto com um canto de *coumbite*.

– Honra – grita uma voz lá fora.

– Respeito – responde Délira mecanicamente.

A cabeça maldosa de Hilarion se enquadra na janela.

– Ei, bom dia, Délira.

– Bom dia, sim.

Ele vê o corpo deitado.

– O que tem esse aí? Doente?

Seus olhos desconfiados espreitam Manuel.

Délira hesita, mas sente a mão de Manuel apertar a sua.

– Sim – ela diz –, ele trouxe febres malignas de Cuba.

– Está dormindo? – diz Hilarion.

– Está dormindo, sim.

– Que amolação, porque o tenente mandou chamá-lo. Vai ter que se apresentar na caserna assim que puder se levantar.

– Tudo bem, vou dar o recado.

Ela ouve os passos se afastarem e se volta para Manuel. Um filete de sangue escuro lhe escorre da boca e seus olhos estão voltados para ela, mas já não a veem. Ainda segura a mão dela: levou com ele sua promessa.

—

A velha Délira fechou os olhos do seu filho. A roupa ensanguentada ela escondeu debaixo da cama. Agora pode berrar o imenso grito de animal ferido. A vizinhança ouve e os camponeses acodem, os homens e as comadres. O acontecimento lhes cai na cabeça como um bloco de pedra. Estão arrasados. Um negro tão garboso. Ainda ontem eu dizia a Manuel: compadre Manuel... Não é natural, não, não é natural. Mas, a todas as perguntas, Délira responde: a febre, as febres malignas do país de Cuba. E depois ela dá aquele grito terrível e abre os braços, e seu velho corpo treme, crucificado.

Laurélien chegou. Olha o cadáver. Acenderam uma vela à sua cabeceira e outra a seus pés. Há luz na testa de Manuel e sua boca manteve, até na morte, aquele vinco obstinado.

– Então, chefe, você partiu, chefe? Você partiu?

Grossas lágrimas rolam por seu rosto rude.

– Ah, que miséria – diz comadre Destine.

– Ah, que vida – suspira comadre Mérilia.

– Titia – diz Clairemise –, vou ajudá-la a lavá-lo.

Mas Délira diz: não, obrigada.

– Estou esperando – ela diz.

– Esperando quem, titia?

– Estou esperando – repete a velha.

Destine lhe traz uma xícara de chá. Ela recusa. Balança na cadeira, como se embalasse sua dor com todo o corpo. Os outros a apoiam e a consolam, mas tudo isso são palavras, ela nem as ouve, e lamenta-se como se lhe arrancassem a alma com garras de ferro.

E os outros também souberam da notícia. Esgueiram-se para a casa de Larivoire. Larivoire está sentado debaixo do caramanchão. Puxa os pelos da barba. Não responde às perguntas. Será que eles não sabem? Ora, sim, eles sabem. A porta da choupana de Gervilen está fechada e ele não é visto em lugar nenhum.

As mulheres se encontram diante de suas porteiras. Que transtorno, diz uma. E a outra responde: é verdade, é verdade. Quanto a Isménie, a negra de Louisimé Jean-Pierre, ela acha que é vingança da Senhora da Água. É um perigo, sim, minha comadre, os espíritos das fontes.

– Mas – replica a vizinha – dizem que o tal Manuel tinha trazido de Cuba as febres malignas. Estavam devorando o sangue dele.

– Dizem, dizem, o que é que não dizem? – replica a incrédula.

Hilarion fareja o ar como cão procurando uma pista. Fareja um mistério. Despacha seu ajudante em busca de informações. Mas, por toda parte, boca fechada. Ou então estupor, sem fingimento nem rodeios.

Tanto melhor, pensa Hilarion. Manuel era um obstáculo, um negro rebelde, e agora vou poder ficar com as terras desses porcos camponeses. É também a opinião de Florentine, a voraz.

Chega quem Délira estava esperando. Annaïse vem quase correndo, perdeu a cabeça. As pessoas que digam o que quiserem, para ela tanto faz. Elas saberão, pois bem, saberão. E daí? Manuel, Manuel, oh, meu irmão, meu homem, meu querido. Você vai ser a dona da minha choupana, ele dissera. E haverá juncos e loureiros no nosso terreno. E ele a levara à fonte, e o rumor da água entrara nela como uma correnteza de vida fecunda. É assim que se morre, como um sopro de ar apaga uma vela, como uma foice ceifa o capim, como um fruto cai da árvore e apodrece, quando se é um negro tão forte e tão valoroso? E então a colheita amadureceria e ele não a veria, a água cantaria no canal e ele não a ouviria, e eu, Annaïse, sua negra, vou chamá-lo e você não vai responder? Não, não, meu Deus, não é verdade, não é possível, seria uma injustiça.

Os camponeses que a veem passar meneiam a cabeça. Meus amigos, espantam-se, será que essa filha de Rosanna perdeu seu anjo da guarda?

Quando ela entrou no quintal, olharam-na, aturdidos. Antoine, que acabava de chegar, ficou boquiaberto, e Jean--Jacques resmungou: "O que está querendo essa impertinente?", e comadre Destine se adiantou, com as mãos na cintura, num movimento hostil.

Mas Délira tinha se levantado. Tomando Annaïse pela mão, envolvera-a em seus braços e as duas estão chorando juntas com intensos gemidos. Então todos compreenderam e Clairemise, que tinha bom coração, murmurou: pobre, pobre negrinha; e Antoine disse: a vida é uma comédia, é isso que a vida é.

Ele cuspiu: E tem gosto amargo, a sem-vergonha.

Annaïse ajoelhou-se diante de Manuel. Tomou sua mão já gelada. Chamou-o: Manuel, Manuel, ô?, com voz terna e molhada de lágrimas, e depois, com um grito enfurecido, jogou-se para trás, com os braços erguidos, o rosto transfigurado pelo sofrimento: Não, meu Deus, você não é bom, não, não é verdade que você é bom, é mentira. Nós o chamamos em nosso socorro e você não ouve. Veja nossa dor, veja nosso grande sofrimento, veja nossa tribulação. Por acaso está dormindo, meu Deus, você é surdo, meu Deus, é cego, meu Deus, por acaso não tem entranhas, meu Deus? Onde está sua justiça, onde está sua piedade, onde está sua misericórdia?

– Calma, Annaïse – disse Délira. – Sua boca está dizendo pecados.

Mas Annaïse não a ouvia: Nós, pobres negros, podemos rezar, pedir sua graça, pedir perdão, não adianta, você nos esmaga como painço no pilão, nos tritura como poeira, nos sufoca, nos transtorna, você nos destrói.

– Sim, irmãos – suspirou Antoine –, é assim: desde a Guiné, o negro caminha no temporal, na tempestade, na tormenta. O Bondieu[44] é bom, dizem. O Bondieu é branco, é o que se deveria dizer. E talvez seja exatamente o contrário.

– Chega, Antoine. Já há maldições suficientes sobre esta choupana.

Délira reergueu Annaïse.

– Junte sua coragem, minha filha. Vamos banhá-lo.

Os camponeses saíram do quarto e Délira fechou a porta.

Ela aproximou um dedo da boca.

– Não grite.

Virou lentamente o corpo.

– Não grite, estou dizendo.

Ergueu a camisa e apareceram duas pequenas feridas, mais escuras do que a pele, dois pequenos lábios de sangue coagulado.

– Senhor – Annaïse gemeu.

Délira fez um sinal da cruz sobre a primeira ferida.

– Você não viu nada.

Fez um sinal da cruz sobre a segunda ferida.

– Você não sabe nada.

Olhou com severidade para Annaïse.

– Foi a última vontade dele. Segurou-me a mão e partiu com minha promessa. Jure que vai guardar segredo.

– Juro, sim, mãe.

---

44 Em crioulo no original: "Bom Deus".

– Em nome da Virgem da Alta Graça?

– Em nome da Virgem da Alta Graça.

Não era Manuel, aquele grande corpo frio, insensível e rígido. Não era sua aparência de pedra. O verdadeiro Manuel andava pelos morros e pelas florestas, em pleno sol. Falava com Annaïse: minha negra, ele dizia. Tomava-a nos braços, envolvia-a com seu calor. O verdadeiro Manuel traçava a passagem da água para os terrenos, andava pelas futuras colheitas, no orvalho da madrugada.

– Não tenho coragem, mãe – murmurou Annaïse, assustada.

– Era seu homem. É preciso fazer o seu dever.

Annaïse baixou a cabeça: Sim, mãe, farei meu dever.

Quando as duas mulheres terminaram a tarefa fúnebre, quando Manuel estava vestido com suas roupas de tecido rústico azul, Délira voltou a acender as velas.

– Ponha o facão ao lado dele – ela disse. – Era um bom camponês.

—

Por volta do fim da tarde, Bienaimé chegou. Trazia a bezerra que não conseguira vender. O animal exausto estava mancando de novo.

– Que aglomeração é essa no meu quintal? – ele exclamou, ao avistar a multidão de camponeses.

Laurélien abriu a porteira para ele.

– Tenho um filho – disse Bienaimé, aborrecido –, e é um vizinho que precisa vir abrir a porteira para mim? Mesmo assim obrigado, Laurélien.

Quis continuar seu caminho. Laurélien segurou o cavalo pela rédea.

– Compadre Bienaimé – ele começou.

Nesse momento, Délira saiu da choupana. Foi avançando

lentamente, grande e seca em seu vestido preto, a cabeça envolvida num lenço branco.

– Pai – disse ela –, desça do cavalo e me dê sua mão.

– O que houve? – gaguejou o velho.

– Me dê sua mão, pai.

Mas as forças a abandonaram e ela desabou de encontro ao peito de Bienaimé, chacoalhada por soluços amargos.

Na choupana, o coro das carpideiras se levantou. A gorda Destine rodopiava em torno de si mesma, batendo uma mão na outra e gritando como se tivesse perdido a razão.

– Ah, Deus Bom Deus, aqui está Bienaimé, meus amigos, aqui está Bienaimé.

– Manuel? – disse o velho, com voz sem timbre.

Délira agarrava-se nele desesperada.

– Sim, pai, sim, Bienaimé, pai querido, nosso filho, nosso único filho, consolo de nossa velhice.

Os camponeses se afastaram à passagem dos dois.

– Ninguém convida a desgraça – disse Antoine. – E ela vem e se põe à mesa sem pedir licença, come e só deixa os ossos.

Bienaimé contemplou o cadáver. Não chorava, o velho Bienaimé, mas os mais calejados desviavam os olhos de seu rosto e tossiam alto. De repente, ele cambaleou. Os camponeses acorreram.

– Deixem-me – ele disse, afastando-os.

Saiu da choupana. Sentou-se num degrau diante da varanda, arqueado sobre si mesmo, como se lhe tivessem triturado os ombros. Suas mãos tremiam sobre a poeira.

... O sol vai se pôr; o dia deve mesmo terminar: nuvens impetuosas navegam no horizonte rumo ao crepúsculo, com todas as velas incendiadas. Uma manada de bois na savana é tomada por uma imobilidade mineral. As galinhas já batem as asas na cabaceira.

Camponeses chegam, outros vão embora. É preciso

cuidar dos negrinhos que ficaram na choupana, comer alguma coisa. Voltarão para o velório. Já foram instaladas no quintal algumas mesas e cadeiras emprestadas pela vizinhança. Espalha-se um cheiro de café e de chá de canela. Laurélien emprestou 2 piastras, tudo o que tinha, para comprar pinga. Délira tem o dinheiro justo para pagar o Père Savane[45], que virá ler as preces e abençoar o corpo. Não há dinheiro para fazer um enterro na igreja. É muito caro e a igreja não dá crédito aos desgraçados; não é loja, é a casa de Deus.

As lamentações se acalmaram. A noite chegou com seu peso de sombra e silêncio. De vez em quando uma mulher suspira: ai, Jesus Virgem Maria, mas sem muita convicção: no final as pessoas se cansam até da tristeza.

Délira está sentada perto de Manuel. Não tira os olhos dele e às vezes parece lhe falar em voz baixa. Ninguém ouve o que ela diz.

Annaïse se foi. Terá de explicar as coisas para Rosanna. Não vai ser fácil.

Bienaimé, por sua vez, está no mesmo lugar; sua cabeça, entre os braços dobrados, está pousada nos joelhos. Estará dormindo? Não dá para saber: ninguém o incomoda.

Laurélien cuida do caixão. Diante de sua choupana, ele serra e prega. Anselme, seu irmão mais novo, ilumina-o com um archote.

Não é trabalho complicado: três tábuas e uma tampa para levar à terra aquele que tinha sido seu amigo.

Que negro ele era, pensa Laurélien, que camponês! Não havia melhor em toda a região. Mas a morte faz sua triagem como um cego escolhe mangas no mercado: ela apalpa até encontrar os bons e deixa os ruins. Essa é a verdade, e não é justo.

---

45 Padre Savana, o leigo que cumpre os ofícios de padre na zona rural do Haiti.

– Passe os pregos – ele diz a Anselme.

Seus gestos se repetiam na parede da choupana em grandes sombras deformadas.

Anselme apenas começava a entrar na idade adulta. Se lhe contasse as palavras de Manuel, é possível que não compreendesse. Eu o via tecer aqueles chapéus, seus dedos corriam pela palha e ele falava: "Um dia virá... em que faremos o grande *coumbite* de todos os trabalhadores da terra para desbastar a miséria e plantar a vida nova". Você não verá esse dia, chefe, partiu antes da hora, mas nos deixou com a esperança e a coragem.

– Mais um prego, mais um, aproxime a luz, Anselme, mais um. O caixão está pronto, a tampa está ajustada. Terminei, e, para dizer a verdade, meu compadre Manuel, é um serviço que não merece agradecimento.

Ele contempla sua obra: uma caixa comprida e muito simples. É madeira muito fina, muito mole, que a terra vai comer em muito pouco tempo. Se pelo menos eu tivesse conseguido umas boas tábuas de mogno, e talvez algumas ferragens, como as que vendem na loja do sr. Paulma, no povoado, mas são caras, fora de alcance.

– Começaram com os cânticos – diz Anselme.

– Estou ouvindo – diz Laurélien.

O canto se eleva tristemente no meio da noite. *"Por que excesso de bondade carregastes do peso de nossos crimes, sofrestes uma morte cruel para nos salvar da morte."*

Quando o canto arrefece, uma voz de mulher, alta e vibrante, um pouco áspera, retoma-o, reúne as outras vozes e o cântico desabrocha de novo, num ímpeto unânime.

É hora de ir ao velório.

No primeiro cômodo da choupana, Délira dispôs sobre uma toalha branca um crucifixo, velas acesas e flores, as que puderam ser encontradas com aquela seca: o que significa que não havia muitas.

"É agora, Senhor, que deixais ir em paz vosso servidor, de acordo com vossa palavra."

Os camponeses entoam seus cânticos diante desse altar. Estão apertados uns contra os outros e a luz das velas faz escorrer reflexos cintilantes em seus rostos negros suados.

Felizmente há a pinga para refrescar e vê-se que Antoine já fez uso dela além do razoável. Já não está muito firme das pernas e canta a plenos pulmões. Quando enche sua voz rouca e potente, ela cobre a dos outros. Destine, como quem não quer nada, dá-lhe uma cotovelada bem no meio do estômago e um soluço quase o sufoca.

– Que escandalosa – ele diz um pouco depois no quintal –, nem respeita o falecido Manuel.

E em tom de ameaça:

– Tudo bem. Vou fazer uma canção para ela, que, puxa...

Mas lembrou que estava num velório e engoliu a enorme obscenidade que carregava na língua...

Puseram um toco de vela em cada mesa, criando ilhotas de luz no quintal. Os camponeses estão sentados em torno e jogam três-sete. Seguram suas cartas em leque e parecem absortos. Será que já esqueceram Manuel? Ah, não, decerto não. Só que não podemos ficar gritando como as mulheres. Para as mulheres é um alívio. Homem tem mais coragem para suportar em silêncio. Além disso, é costume jogar cartas nos velórios. Nove de ouros, "eu corto".

Bienaimé parece um corpo sem alma. Entra no quarto em que Manuel repousa. Olha-o por um momento, os olhos vazios, apagados. Vai para o quintal, passa perto das mesas, falam com ele, não responde.

Com muitos pedidos e súplicas, Délira o fez tomar um pouco de caldo. Ele deixou quase tudo no prato.

– É um homem aniquilado – diz Antoine. – Está acabado.

Annaïse voltou. Explicou para Rosanna. Rosanna gritou alto, chamou-a de todos os tipos de nomes.

– Você não tem vergonha? – ela disse.

– Não – respondeu Annaïse.

– É uma rameira – gritou Rosanna –, não tem consciência, não tem honra.

– Não – respondeu Annaïse –, sou a mulher dele. Era o melhor negro do mundo. Era honesto, era bom. Não me pegou com artimanhas ou violência. Fui eu quem quis.

– Mas como fez para encontrá-lo, já que somos inimigos?

– Ele me amava, eu o amava. Nossos caminhos se cruzaram.

Ela tirou os brincos de prata. Pôs seu vestido preto. Amarrou um lenço branco na cabeça.

– Você não vai sair.

Rosanna se pôs na frente da porta.

– Estou muito triste, mãe – disse Annaïse.

– Azar; estou dizendo que você não vai sair.

– Estou sofrendo, mãe – disse Annaïse.

– Você me ouviu. Não vou repetir três vezes.

Bateram na porta. É Gille. Gille entrou. Viu o que estava acontecendo.

– Gervilen tinha razão. O falecido Manuel e você eram cúmplices.

Fez uma pausa.

– Ainda hoje cedo Gervilen se foi de Fonds-Rouge.

Annaïse não disse nada. Lembrou-se de sua promessa.

– Você sabe onde fica a água?

– Sei – respondeu Annaïse.

– Deixe-a sair, mãe – disse Gille.

Annaïse saiu.

Nos velórios é preciso fazer o tempo passar. As cartas, os cânticos e a pinga não bastam. A noite é longa.

Perto da cozinha, Antoine, com uma xícara de café na mão, faz charadas. É rodeado principalmente pelos jovens. Não que os camponeses mais idosos não gostem de adivinhas, mas aquilo não parece coisa muito séria, e é preciso zelar pela reputação de homens graves e sérios. Pode ser que, diante de uma graça inesperada desse Antoine, sejamos obrigados a rir. E então? Então aqueles jovens negros perderiam o respeito por nós: estão sempre prontos a nos achar seus iguais e colegas, esses macaquinhos.

Antoine começa:

– O que é o que é: quando entra em casa, todas as mulheres erguem seus vestidos?

Os outros pensam. Vasculham a imaginação. Ah, bah, não conseguem.

– O que é? – pergunta Anselme.

– As escunas, que recolhem suas velas ao entrar no porto – explica Antoine.

Tomou um gole de café:

– Vou à choupana do rei. Há dois caminhos, preciso percorrer os dois?

– A calça – grita Lazare.

– Certo. Mas esta, não me chamo Antoine se vocês adivinharem: Mariazinha põe a mão na cintura e diz: eu sou uma moça?

É difícil, sim, é difícil.

– Vocês não têm inteligência suficiente. Bando de negros de cabeça oca, é isso que vocês são.

E, decididamente, por mais que se esforcem, não adianta, não adivinham.

Antoine triunfa:

– A xícara.

Segura a dele pela asa, mostra para eles e ri satisfeito.

– Mais uma, tio Antoine, mais uma, por favor – reclamam em couro.

– Chhhh... estão fazendo muito barulho, e na verdade vocês são insaciáveis.

Antoine se faz de rogado, mas tudo o que ele quer é

166

continuar. Em toda a planície, dizem que não há ninguém mais famoso pelas histórias e canções.

– Bom – ele diz –, vou facilitar para vocês: redondo como uma bola, comprido como a estrada principal?

– Novelo de linha?

– Queimo a língua e dou meu sangue para alegrar a sociedade?

– O lampião.

– Meu casaco é verde, minha camisa é branca, minha calça é vermelha, minha gravata é preta?

– Melancia.

– Anselme, meu filho – diz Antoine. – Vá encher essa xícara de pinga, mas até a borda, está ouvindo? Pinga de velório não se economiza, é preciso honrar o falecido. Se a garrafa estiver com a comadre Destine, diga que é para Laurélien. Por precaução, meu filho, por precaução. Porque essa Destine e eu nos entendemos como leite e limão. Só de nos olhar já azedamos.

Assim seguia o velório: entre lágrimas e risos. Como a vida, compadre; sim, exatamente como a vida.

Um pequeno grupo se formou à parte: o velho Dorélien Jean-Jacques, Fleurimond Fleury, Dieuveille Riché e Laurélien Laurore.

– Para mim – diz Dorélien – não é uma morte natural.

– É o que eu também penso – aprova Fleurimond.

Laurélien não concorda.

– Délira diz que foram febres malignas. Se ela diz, é porque é. Ela não teria interesse. E há febres que corroem a pessoa sem dar na vista. Nós somos como um móvel que parece muito sólido, muito maciço, mas os cupins já estão lá dentro e, um belo dia, ele vira poeira.

– Pode ser – diz Fleurimond. Mas não parece muito convencido.

E Dieuveille Riché toma a palavra:

– Ao meio-dia, você atravessa o rio a pé. Seco; nada de água: seixos e pedras. Mas a chuva caiu torrencial nos morros, e à tarde a água desce desenfreada e devasta tudo ao passar, enfurecida. É assim que a morte chega. Sem ninguém esperar, e não podemos fazer nada contra ela, irmãos.

– Quanto à água – diz Laurélien –, vá saber se o falecido Manuel confiou a alguém onde fica a fonte. Eu era seu amigo, mas ele não teve tempo de me mostrar o lugar.

– Será que Délira sabe?

– É mais certo que aquela filha de Rosanna saiba.

– Porque seria um azar enorme ele ter partido levando o segredo.

– Seria preciso bater a região toda, buscar nos menores recantos dos morros e os barrancos.

– E não é certeza que encontraríamos.

– Estávamos com esperança. Já víamos de antemão todos os terrenos irrigados. Seria uma pena.

– Seria um azar e tanto. Eu já estava calculando que plantaria ervilha nas bordas. Hoje em dia a ervilha está com um bom preço no mercado.

– E as bananas poderiam dar ao longo do canal.

– Pois eu – diz Dieuveille –, no meu pedaço de terra eu ia tentar alho-poró e cebolas.

O velho Dieuveille suspirou.

– Quer dizer que cada negro tinha seu plano. Um dizia vou fazer isso, o outro dizia vou fazer aquilo, e enquanto isso a desgraça ria em surdina. Esperava naquela curva do caminho que chamamos de morte.

"Ah, é que eu já estou indo, meus amigos, já estou indo, sim; já não tenho muito tempo pela frente, mas gostaria de ver mais uma vez as plantações de milho e as colheitas cobrirem os terrenos.

"*Marchemos para o combate, para a gló-ó-ria...*"

Têm resistência, os cantores de cânticos, não perdem o fôlego facilmente. A gorda Destine, vencida pelo cansaço, está largada numa cadeira. Sua cabeça balança sobre os ombros, está de olhos fechados, bate o ritmo com o pé descalço e canta com uma voz de falsete lamentosa e sonolenta.

– Ah, que feia! – murmura Antoine, com um muxoxo desgostoso.

A garrafa de pinga está sobre a mesa, ele estende a mão, e Destine abre um olho, um só, mas fixo, e Antoine finge espevitar uma vela.

– Senão vai desperdiçar cera – ele diz.

E se retira, de ombros caídos, dizendo entre dentes coisas que não se podem reproduzir.

"Marchemos para o combate, para a gló-ó-ria..." Destine entoa, mas agora com voz vibrante e triunfal, que reanima o coro como lenha nova reacende a fogueira, e o cântico parte sobre as asas frementes do amanhecer, e os camponeses que se levantam cedo em Fonds-Rouge ouvem; "Ah, sim", dizem, "o enterro será hoje", e os que dormiam sob o caramanchão com a testa apoiada na mesa acordam e pedem café. Délira não deixou Manuel um só instante, Annaïse também não, coitada, e Bienaimé encolheu-se num canto: é o último cântico, o último, pois aí está o dia com suas árvores escuras e friorentas contra o céu pálido, e os camponeses começam a se despedir. Voltarão mais tarde, desaparecem pelos caminhos sob as algarobas, as galinhas-d'angola selvagens descem dos galhos e se reúnem nas clareiras, os galos se esganiçam de quintal em quintal, um potrinho relincha nervoso na savana. "Até logo, Délira", diz Laurélien. Ele hesita: "Até logo, Annaïse"; elas respondem com voz fraca, choraram demais, estão sem força, e a aurora entra pela janela, mas Manuel já não a verá, está dormindo para sempre. Amém.

—

Por volta das dez horas, Aristomène, o Père Savane, entra no quintal. Está montado num burrinho que vem dobrado sob seu peso e os pés do homenzinho se arrastam na poeira. Está atrasado e o animal empaca; Aristomène lhe mete os calcanhares nos flancos com tanta força que quase o ergue do chão.

Veste uma levita que em outros tempos deve ter sido preta, mas em vista da idade venerável ela tende agora para o brilho da garganta das torcazes.

Com gesto meloso, ele levanta o chapéu e descobre um crânio calvo e brilhante:

– Bom dia para todos.

E os camponeses o cumprimentam com cortesia.

Fazem-no sentar e Délira em pessoa lhe serve uma xícara de café.

Aristomène bebe lentamente, tem consciência de sua importância. O murmúrio das conversas zumbe em torno dele como uma homenagem, e seu rosto avermelhado, marcado de catapora, transpira uma abundante satisfação.

No quarto, deitaram Manuel no caixão. Duas velas queimam: uma à sua cabeceira, outra a seus pés. Bienaimé contempla o filho. Não chora, mas sua boca treme sem parar. Não dá para saber se reparou em Annaïse. Anna cobre o rosto com as mãos, as lágrimas escorrem entre seus dedos e ela geme como uma criança que está com dor.

De vez em quando uma comadre, Clairemise, Mérilia, Destine, Célina, Irézile, Georgina ou alguma outra, solta um grito estridente e imediatamente todas a acompanham, e o coro das carpideiras enche a choupana com um alarido ensurdecedor.

Os homens, por sua vez, mantêm-se no quintal ou no alpendre. Falam em voz baixa, mordem seus cachimbos.

Mas Laurélien está na câmara mortuária.

"Adeus, chefe, nunca mais terei um amigo como você; adeus, meu irmão, adeus, meu camarada."

Ele enxuga os olhos com as costas da mão. Não é habitual ver um negro chorar, porém é mais forte do que ele, e ele não se envergonha.

Délira voltou a tomar seu lugar ao lado do caixão. Abana o rosto de Manuel com um dos chapéus de palha que ele tecia, à tarde, debaixo da varanda; ela o protege das moscas, moscas gordas, como só se veem nos enterros, e a chama agitada da vela ilumina a testa de Manuel: "Havia luz na sua testa no dia em que você voltou de Cuba e nem a morte consegue apagá-la, você se vai com ela pelas trevas. Que essa luz da sua alma o guie pela noite eterna, para que você encontre o caminho do país da Guiné, onde descansará em paz com os antigos da sua raça".

– Vamos começar – diz Aristomène.

Ele folheia seu livro, molha o dedo para virar cada página.

– *Oração para os mortos.*

As mulheres caem de joelhos. Délira abriu os braços em cruz, com os olhos erguidos para alguma coisa que só ela vê.

– *Do fundo do abismo, clamo a vós, Senhor: Senhor, ouvi minha voz.*

"*Que vossos ouvidos estejam atentos à voz de minha oração.*"

Aristomène lê rapidamente; engole as palavras sem as mastigar, está com pressa. Seu compadre Hilarion ofereceu para que fosse tomar um grogue depois da cerimônia, e pelas míseras 2 piastras e 50 centavos que ele vai ganhar não é necessário, não, não vale mesmo a pena se empenhar.

– Que ele descanse em paz. Assim seja.

– Assim seja – respondem os camponeses.

Aristomène enxuga o crânio, o rosto e o pescoço com um grande lenço xadrez.

Apesar da pressa, regozija-se com as palavras latinas que vai pronunciar, os *vobiscum, saeculum* e *dominum* que soam como uma batida de tambor e que fazem aqueles camponeses ignorantes murmurarem com admiração: "Sensacional, ele é bom, sim, esse Aristomène".

Sua voz se eleva com a cantilena queixosa, fanhosa e solene dos párocos. Não é à toa que ele foi sacristão durante anos e, se não fosse aquele caso lamentável com a governanta do "meu Padre", ainda estaria servindo a missa na igreja do povoado. Pois é, não tinha sido sua culpa, o "meu Padre" deveria ter arranjado uma empregada idosa em vez daquela jovem negra roliça e rechonchuda como uma galinha *bassette*. Não nos induzas à tentação, diz a palavra.

Se as palavras tivessem ossos, Aristomène engasgaria, tal a sua pressa. As páginas voam sob seus dedos e ele vira muitas de uma só vez.

"Esse negro é desonesto", pensa Antoine, que o observa de perto.

Délira só escuta a linguagem precipitada, a tagarelice sagrada, como um rumor longínquo e incompreensível. Está ao lado de Manuel, só enxerga Manuel, e balança em sua cadeira como se já não conseguisse suportar o peso daquela dor, é como uma folha na tempestade, abandonada à noite amarga e sem fim. Misericórdia, misericórdia, peço misericórdia e libertação, Senhor, leve-me, pois estou cansada, a velha Délira está muito, muito cansada. Deixe-me acompanhar meu filho à grande savana da morte, deixe-me atravessar com ele o rio da região dos mortos: carreguei-o por nove meses no ventre e por toda a existência no coração, não posso deixá-lo.

Manuel, ah, Manuel, você era meus dois olhos, minha

respiração, meu sangue: eu enxergava por seus olhos como a noite enxerga pelas estrelas, respirava por sua boca, e minhas veias se abriram quando seu sangue correu, o ferimento doeu em mim, sua morte me matou. Não tenho mais nada a fazer na terra. Só me resta esperar num canto da vida como um trapo esquecido ao pé de uma muralha, como uma pobre infeliz que estende a mão: caridade, por favor, ela diz, mas a caridade que ela pede é a morte. Ave Maria Virgem da Alta Graça, faça chegar esse dia, que chegue amanhã, que chegue hoje, até. Ó meus santos, ó meus loás, venham me socorrer: Papa Legba, eu o invoco, São José, Papa, eu o invoco, Dambala Siligoué, eu o invoco, Ogoun Shango, eu o invoco, São Tiago Maior, eu o invoco, ai, Loko Atisou, Papa, ai Guédé Hounsou, eu os invoco, Agoueta Royo Doko Agoué, eu o invoco, meu filho morreu, ele se vai, atravessar o mar, se vai para a Guiné, adeus, adeus, digo adeus ao meu filho, ele não vai voltar, partiu para sempre, ah, tristeza, ah, aflição, ah, miséria, ah, dor.

Ela ergue os braços para o céu, o rosto desfigurado pelas lágrimas e pelo grande sofrimento, os ombros embalados pela encantação desesperada, e as comadres a sustentam e murmuram: "Coragem, Délira, tenha coragem, querida!", mas ela não as ouve, não ouve Aristomène salmodiando cada vez mais, cada vez mais rápido, com pressa de acabar com aquilo... *Santae Trinitatis. Per Christum Dominum nostrum. Amen*, e ele tira das profundezas da levita uma garrafinha, arranca a rolha com os dentes; asperge o corpo, e então Laurélien se adianta com a tampa do caixão: Não, não, grita Annaïse debatendo-se nos braços de Clairemise, mas Laurélien aproxima-se com a tampa: deixe-me vê-lo uma última vez, grita Délira, mas Laurélien prega a tampa, e a cada martelada Délira treme como se os pregos penetrassem no sangue de sua alma, acabou, sim, acabou, Joachim, Dieuveille, Fleurimond e

Laurélien erguem o caixão, e é então que há lamentos, gemidos e vozes que chamam: socorro, meu Deus, pois os negros estão levando o caixão, estão levando seu irmão para aquele chão que ele tanto amou, pelo qual, na verdade, ele morreu.

Andam lentamente rumo à orla das algarobas e o cortejo dos camponeses os segue: as mulheres choram e os homens vão em silêncio.

A cova foi escavada à sombra de um pau-campeche, um casal de rolinhas levanta voo com as asas tremendo assustadas e se perde acima da mata na luz do meio-dia.

– Baixem com cuidado – diz Laurélien.

O caixão desliza e repousa no fundo do buraco.

– Pobre-diabo – diz Antoine. – Morreu no melhor da juventude e era um bom negro, o Manuel.

Laurélien e Fleurimond pegam as pás. Uma pedra rola e bate no caixão. A terra escorre para dentro da cova. O caixão começa a desaparecer. Ouvem-se soluços abafados e o choque surdo dos torrões endurecidos pela seca. O buraco se enche.

Uma mulher geme:

– Meu Deus, pedimos força e coragem, consolo e resignação.

"Manuel não era partidário da resignação", pensa Laurélien. "Dizia que os sinais da cruz, as genuflexões e os meus Bondieu não serviam para nada, que o negro era feito para a rebelião. E agora você está morto, chefe, morto e enterrado. Mas não esqueceremos suas palavras, e se algum dia no caminho desta dura existência o cansaço nos tentar com 'para quê?' e 'não vale a pena', ouviremos sua voz e voltaremos a tomar coragem."

Laurélien enxuga com a mão o suor que lhe cobre o rosto; apoia-se com as duas mãos no cabo da pá: a cova está cheia.

– Pois bem, acabou – diz Antoine. – Descanso para você, irmão Manuel, na eternidade das eternidades.

– Na eternidade – respondem os outros.

O círculo de camponeses se rompe: voltam à choupana para se despedirem de Délira e Bienaimé, e depois daquele sol forte estamos com sede, vamos tomar alguma coisinha, só pode fazer bem, um último copo de pinga, não é, vizinho?

Mas Laurélien ficou. Ergue um montículo de terra por cima da cova. Cerca-o com pedras grandes. Quando tiverem dinheiro suficiente, ele vai construir um túmulo de tijolos com um nicho para acender as velas da memória e, numa placa de cimento fresco, Antoine vai escrever, pois ele sabe, com letra aplicada e desajeitada:

AQUI JAZ MANUEL JAN-JOSEF

XIV

Na própria noite do enterro Délira foi até Larivoire.

Bateu à sua porta.

– Quem é? – perguntou Larivoire.

Ele estava deitado.

– Sou eu, eu mesma, Délira.

Foi o tempo de acender o lampião e Larivoire abriu.

– Com respeito, vizinha – ele disse. – Entre, por favor.

Délira se sentou. Ajeitou à sua volta as pregas do vestido de luto. Está aprumada e severa.

– Você estava me esperando, Larivoire.

– Estava.

Há um silêncio entre os dois.

– Gervilen – diz Larivoire, sem olhar para ela.

– Eu sei – responde Délira. – Mas ninguém saberá. Quer dizer: Hilarion, as autoridades.

– Ele não quis?

– Não. Não, ele dizia, debatendo-se em agonia: é preciso salvar a água, ele repetia. Segurava minha mão.

Larivoire subiu a mecha do lampião.

– Ele veio aqui na noite da desgraça. Ficou em pé debaixo do caramanchão, no meio dos camponeses. Ele falava; eu o observava, eu o escutava. Entendo de homens. Era um negro de boa qualidade.

– Ele morreu – disse Délira.

– Você já sofreu muito, minha comadre.

– A dor é grande – disse Délira.

Larivoire coçou o queixo, puxou os fios da barba.

– Ele lhe confiou uma missão?

– Sim, por isso estou aqui. Vá chamar sua gente, Larivoire.

– Está tarde – disse o outro.

– Minhas palavras precisam da noite. Vá buscar sua gente, Larivoire.

Larivoire se levantou, deu alguns passos indecisos pelo cômodo.

– Foi o falecido Manuel que lhe pediu para conversar com eles?

– Sim, foi ele, mas eu também quero; tenho minhas razões.

Larivoire pegou o chapéu.

– Devemos respeitar a vontade dos mortos – ele disse.

Entreabriu a porta:

– Não vai ter de me esperar por muito tempo. Vou passar na casa do meu filho, Similien. Ele vai avisar alguns, eu vou avisar os outros. Se a luz baixar, suba a mecha. O lampião não é ruim, mas o "gás" que Florentine vende não vale nada.

Délira ficou sozinha, inclinou a cabeça sobre o peito e juntou as mãos. Fechou os olhos. "Estou esgotada, a velha Délira está esgotada, ela não aguenta mais, meus amigos."

O cansaço a arrastava num redemoinho lento e irresistível como uma náusea, para os limites do desmaio. Mas pensar em Manuel a sustentava. "Preciso falar com esses camponeses. Depois vou me deitar. Dormir, ah, dormir, e se o dia amanhecesse sem mim, para dizer a verdade verdadeira, seria um dia misericordioso."

– Você ficou todo esse tempo no escuro? – exclamou Larivoire.

O lampião se apagara. Ele tateou na escuridão e acabou encontrando os fósforos.

– Eles estão aí fora, sim – ele disse.

– Aproxime o lampião. Quero ver o rosto deles.

O cômodo se iluminou: a mesa, um garrafão sobre o aparador de carvalho, a esteira enrolada num canto e, nas paredes caiadas de taipa, as imagens dos santos, um velho calendário.

– Faça-os entrar – disse Délira.

Os camponeses entraram na choupana com estranha timidez, com movimentos desajeitados e constrangidos, e Nérestan não sabia onde ficar com seu corpanzil, pois estavam amontoados e apertados uns contra os outros naquele cômodo estreito.

Délira levantou-se, com seu vestido comprido de luto.

– Fechem a porta – ela disse.

Louisimé Jean-Pierre fechou a porta.

Délira os encarou lentamente: parecia contá-los um a um e, à medida que seu olhar triste e severo os tocava, eles baixavam a cabeça.

– Não vejo Gervilen, estou dizendo que não vejo Gervilen Gervilis. Pergunto onde está Gervilis?

No silêncio, ouvia-se distintamente a respiração pesada dos camponeses.

– Porque eu gostaria de repetir para Gervilen Gervilis as palavras de meu filho.

"Ele me disse, foi isto que meu filho Manuel me disse: vocês ofereceram sacrifícios aos loás, ofereceram o sangue das galinhas e dos cabritos para fazer cair chuva, foi tudo inútil. Porque o que importa é o sacrifício do homem, o sangue do negro."

– São grandes palavras, sim – disse Larivoire, meneando a cabeça gravemente.

– Ele disse também: "Vá falar com Larivoire. Diga a ele a vontade do meu sangue que correu: a reconciliação, a reconciliação (disse duas vezes) para que a vida recomece, para que o dia se levante sobre o orvalho...". E eu queria avisar Hilarion, mas ele me segurava a mão. Não, não, ele dizia, e o sangue escuro lhe escorria pela boca: a água estaria perdida, é preciso salvar a água.

– Délira – disse Larivoire, com voz rouca, e enxugou os olhos com o punho cerrado –, há 77 anos a água não corria de meus olhos, mas eu lhe digo, na verdade, na verdade, seu filho era um negro valoroso, um camponês até a raiz da alma, tão cedo não se verá outro igual.

– Mãe – disse Nérestan, com voz singularmente terna –, você passou por grande sofrimento.

– Sim, meu filho, e eu agradeço seu bom sentimento, mas não vim para lhes falar do meu sofrimento, vim para lhes transmitir a última vontade do meu filho. Ele falava comigo, mas era a todos vocês que se dirigia: "Cantem meu luto", ele disse, "cantem meu luto com um canto de *coumbite*".

"O costume é cantar o luto com os cânticos dos mortos, mas ele, Manuel, escolheu um cântico para os vivos: o canto do *coumbite*, o canto da terra, da água, das plantas, da amizade entre os camponeses, porque ele quis, agora compreendo, que sua morte fosse para vocês o recomeço da vida.

"São duros os camponeses, e rudes: a existência lhes curtiu o coração, mas só em aparência são grosseiros e toscos, é preciso conhecê-los, não há ninguém mais sensível ao que faz com que o homem tenha de fato o direito de se chamar homem: a bondade, a coragem, a fraternidade viril."

E Larivoire falou por todos eles quando se aproximou de Délira, com a mão estendida e trêmula de emoção.

– Tome esta mão, Délira, e com ela nossa promessa e nossa palavra de honra.

E se voltou para os camponeses:

– Não é mesmo, vocês aí?

– Sim – responderam os camponeses.

– Paz e reconciliação?

E Nérestan se adiantou:

– Mãe, eu mesmo vou escavar o canal do seu terreno.

– Vou plantar para você, Délira – disse Josaphat.

– Conte comigo também – disse Louisimé.

– E eu vou carpir o mato quando for preciso – disse Similien.

– Estarei aqui – disse Gille.

– Estaremos todos – disseram os outros.

Pelo rosto de Délira passou como que um reflexo de doçura:

– Obrigada, meus negros, por esse consolo. Meu filho está ouvindo vocês na sepultura: aqui está, como ele desejou, a família dos camponeses reunida em concórdia. Meu papel terminou.

"Só que – e ela voltou à sua severidade –, só que a partir de hoje somos cúmplices: não estive aqui, estão ouvindo? E foram as febres que mataram Manuel, entenderam bem? Façam um sinal da cruz sobre a boca."

Eles obedeceram.

– Jurem.

Os camponeses bateram três vezes no peito no lugar do coração e levantaram a mão em juramento.

– Juramos – eles disseram.

Por um momento Délira contemplou seus rostos. Sim, eram de bom estofo aqueles camponeses: simples, francos, honestos.

– Larivoire, meu compadre – ela disse. – Deixe passar mais uma semana. É preciso cumprir o luto. Depois vá com eles à casa de Laurélien, depois do nascer do sol. Minha gente estará esperando por vocês. Então Annaïse, minha nora, vai levá-los todos à fonte. Ela conhece o lugar. Os pombos-torcazes batem asas entre a folhagem. Ah, bah, já estou eu falando bobagem. É que estou muito cansada, meus amigos, esta velha Délira, como estão vendo, já não tem forças, não, nem um pingo. Então, vou dizer boa-noite, sim.

Louisimé Jean-Pierre abriu a porta para ela.

– Espere – disse Larivoire. – Similien vai acompanhá-la.

– Não, Larivoire, não, ora; apesar da cortesia, não é preciso; lá estão a lua, as estrelas. Vou enxergar meu caminho.

E ela saiu pela noite.

O FIM E O COMEÇO

Bienaimé cochila debaixo da cabaceira. O cãozinho está deitado diante da cozinha, com a cabeça entre as patas. De vez em quando, ele entreabre um olho e abocanha uma mosca. Délira cerze um vestido. Segura o tecido bem perto dos olhos: sua visão está se reduzindo. O sol segue sua trajetória, alto no céu, e é um dia que prossegue como os outros. As coisas voltaram a seus lugares, retomaram seu curso. Todas as semanas, Délira vai vender seu carvão no mercado. Laurélien corta a lenha e prepara a carvoeira para ela. É um bom rapaz, esse Laurélien. Bienaimé mudou tanto que está irreconhecível. Antes, a menor contrariedade o fazia ferver, estava sempre à beira da raiva e da irritação, sempre preparado para reagir: um verdadeiro galo de briga. Agora, rompeu-se uma mola dentro dele. Para tudo ele diz: Sim, como uma criança. Sim e está bem. Várias vezes Délira o surpreendeu no quarto de Manuel. Sua mão acariciava o lugar vazio na cama e as lágrimas lhe corriam pela barba branca. Todas as manhãs, ele vai até o túmulo, na orla das algarobas, que está abrigado debaixo de um pequeno caramanchão de folhas de palmeira. Bienaimé se agacha perto da sepultura, fumando seu cachimbo, com o olhar vago, ausente. Lá ficaria por horas, se Délira não viesse buscá-lo para levá-lo até a sombra da cabaceira. Ele a segue docilmente. Dorme muito, e a qualquer hora do dia. Antoine tinha razão: é um homem aniquilado.

O vento traz de longe uma rajada de vozes e o rufar incansável do tambor. Há mais de um mês os camponeses estão trabalhando no *coumbite*. Escavaram um canal: um grande distribuidor, desde a fonte até Fonds-Rouge, passando pela planície estreita e das algarobas; foi ligado a cada um de seus terrenos por valetas.

Hilarion quase sufocou de tanta raiva. Ah, ele ficou mesmo atarantado, e Florentine o envenena de manhã até a noite, como se fosse culpa dele, com acusações de todo tipo. Por acaso ele podia prever que Manuel ia morrer? Claro que o teria levado preso a tempo e o teria obrigado a dizer onde ficava a fonte, meios não lhe faltavam. O tenente o chamara de imbecil. E agora Florentine... dava para ouvir sua voz de gralha em Fonds-Rouge inteira. Quando perdia a paciência, Hilarion a fazia sentir o grande peso da fivela de cobre de seu cinturão. Isso acalmava um pouco aquela sem-vergonha.

Talvez, ele pensava, talvez eu pudesse pedir ao dr. Sainville, magistrado comunal, que decretasse um imposto sobre aquela água. Posso fazer as arrecadações e separar a minha parte. Vamos ver. (Sim, vamos ver se os camponeses se submeterão.) Naqueles últimos dias, eles trabalham na própria nascente, na cabeceira da água, como dizem. Seguiram ponto por ponto as instruções de Manuel. Morreu, o Manuel, mas é ele que continua no comando.

Alguém entra no quintal de Délira, uma negra alta, uma negra bonita: é Annaïse.

A velha a vê chegar e seu coração se alegra.

– Bom dia, mãe – diz Annaïse.

– Ei, bom dia, minha filha – responde Délira.

– Sua vista vai acabar piorando ainda mais – diz Annaïse. – Deixe que eu costuro esse vestido para você.

– É uma ocupação, minha filha. Costuro, costuro, e vou emendando os velhos tempos com os dias de hoje. Anna, se pelo menos desse para cerzir a vida, retomar o fio rompido, ah, Deus, não é possível.

– Manuel me dizia, ainda ouço como se fosse ontem, ele me dizia: a vida é uma linha que não se rompe, que nunca se perde, e sabe por quê? Porque cada negro em sua existência dá um nó nela; é o trabalho que ele realizou e é o que torna a vida viva pelos séculos dos séculos: a utilidade do homem nesta terra.

– Meu filho era um negro que pensava profundamente – diz Délira, com orgulho.

Fragmentos de canto chegam até elas, era alguma coisa como *hoho ehhé oh-koen-hého*, e o tambor se rejubilava, gaguejava de tanta alegria: Antoine o manejava com mais habilidade do que nunca.

– Gille me disse que eles vão soltar a água hoje no canal. Vamos ver, mãe? É um grande acontecimento, sim.

– Como você quiser, querida.

Délira se levantou. Seus ombros tinham se encurvado um pouco e ela estava mais magra ainda.

– O sol está quente, vou pôr o chapéu.

Mas Annaïse já correra para buscá-lo dentro da choupana.

– Você é muito atenciosa, minha filha – agradeceu Délira.

E ela sorriu com aquele sorriso que conservara a graça da juventude, apesar da pequena cicatriz de tristeza que a vida lhe deixara no canto dos lábios, para imprimir sua marca.

Elas entraram na mata pela trilha que Manuel percorrera no dia seguinte à sua chegada. As algarobas cheiravam à fumaça resfriada das carvoeiras. Caminharam em silêncio até chegarem ao vale inundado de luz. Os cactos arborescentes erguiam-se com suas largas folhas carnudas de um verde opaco e poeirento.

– Veja – disse Annaïse – se não há razão para chamá-los de "orelha de burro"; essas plantas têm um ar áspero, rebelde e de má vontade.

– As plantas são como os cristãos. Há duas espécies, as boas e as más. Quando vemos laranjas, todos aqueles soizinhos pendurados nas folhagens, sentimos uma alegria, as laranjas são divertidas e solícitas. Ao passo que, veja, uma planta com espinhos como aquela... Mas não devemos falar mal de nada, pois foi o bom Deus que criou tudo.

– E a cabaça – disse Annaïse – parece uma cabeça de homem e envolve uma coisa branca como cérebro, no entanto é um fruto bobo, não dá para comê-lo.

– Como você é danada, sim – exclamou Délira. – Vai fazer essa velha Délira dar risada sem querer.

Elas subiram rumo à colina de Fanchon. Délira ia devagar, por causa da idade. Annaïse ia atrás dela. O caminho era bem íngreme; ainda bem que fazia curvas.

– Não vou até o platô – disse Délira. – Aqui está uma rocha grande, parece feita de propósito, como um banco.

As duas mulheres se sentaram. A planície estendia-se a seus pés ao calor forte do meio-dia. À esquerda, avistavam as choupanas de Fonds-Rouge e a mancha cor de ferrugem de seus terrenos entre as cercas. A savana se estendia como uma esplanada de luz violenta. Mas através da planície corria o sulco do canal rumo às algarobas desbastadas à sua passagem. E quem tivesse boa visão enxergaria nos terrenos as linhas das valas preparadas.

– É lá que eles estão – disse Annaïse, estendendo o braço para um morro arborizado. – É lá que estão trabalhando.

O tambor exultava, suas batidas precipitadas zumbiam sobre a planície e os homens cantavam.

Manuel Jean-Joseph, ô negro valente, en-hého!

– Está ouvindo, mãe?

– Estou – disse Délira.

Logo aquela planície árida estaria coberta de muito verdor; nos terrenos cresceriam bananeiras, milho, batatas, inhames, oleandros cor-de-rosa e brancos, e seria graças a seu filho.

O canto parou de repente.

– O que aconteceu?

– Não sei, não.

E depois jorrou um enorme clamor.

As mulheres se levantaram.

Os camponeses surgiam do morro, correndo, jogavam seus chapéus para o alto, dançavam, se abraçavam.

– Mãe – disse Annaïse, com voz estranhamente fraca.

– Aí está a água.

Uma fina lâmina de prata avançava pela planície e os camponeses a acompanhavam gritando e cantando.

Antoine andava à sua frente batendo seu tambor com orgulho.

– Oh, Manuel, Manuel, Manuel, por que você morreu?

– gemeu Délira.

– Não – disse Annaïse, e sorriu através das lágrimas –, ele não morreu.

Tomou a mão da velha e apertou-a de leve contra seu ventre, onde se agitava a vida nova.

México, 7 de julho de 1944

Posfácio
Eurídice Figueiredo

O haitiano Jacques Roumain (1907-1944) foi um intelectual engajado nas causas sociais e políticas de seu tempo, estudioso da etnografia, escritor e ensaísta. Além de *Senhores do orvalho* (1944), publicou dois outros romances, *La Montagne ensorcelée* [A montanha enfeitiçada, 1931] e *Les Fantoches* [Os fantoches, 1931], e um ensaio importante, *Les Griefs de l'homme noir* [As dores do homem negro], de 1939. Foi o fundador do Partido Comunista do Haiti em 1934, foi preso várias vezes, criou a *Revue Indigène* em 1927, tendo sido um dos principais mentores do indigenismo haitiano. Para o leitor brasileiro, este romance dialoga com nosso ciclo da seca, em especial com *Vidas secas* (1938), de Graciliano Ramos, ao recriar o ambiente de devastação causado pela seca, pela miséria e pela desigualdade social.

Senhores do orvalho, considerado o romance de fundação da literatura haitiana, inaugura uma linhagem em que dois elementos da cultura popular são incorporados: a tematização do vodu e a utilização da língua crioula. Trata-se de um romance rural com forte apelo telúrico e conteúdo social e político, aspectos que estarão presentes nas obras das gerações seguintes. O protagonista, Manuel, voltando a sua vila natal depois de ter trabalhado durante quinze anos nos canaviais de Cuba, onde descobriu o sindicalismo/socialismo, tem o papel de aglutinador dos grupos rivais. Assolada pela seca, desunida por uma discórdia familiar e pelo sangue derramado, a comunidade tem o desafio de se unir para tentar trazer água para a vila. Messiânico, utópico, o livro pode ser lido como uma Paixão cristã, já indiciada pelo nome do herói. Immanuel, de que derivam Emanuel e Manuel, em hebraico significa "Deus está conosco" e aparece na Bíblia, em Mateus 1:23, para confirmar as profecias de que Jesus Cristo era o Messias. O sacrifício de Manuel é necessário para apagar o sangue da discórdia e fazer a paz na terra, apontando para a esperança e a renovação.

Como se pode depreender desta rápida análise, marxismo e religião estão de braços dados, não há paradoxo, não há antagonismo. Manuel não crê nos deuses do vodu, mas aceita participar de uma cerimônia por respeito aos ancestrais. O outro aspecto importante no romance, que teve desdobramentos profícuos, é a incorporação do crioulo a fim de desterritorializar o francês e imprimir nele uma marca nacional e popular. Roumain não cai na armadilha, muito comum em escritores naturalistas do final do século XIX e mesmo em alguns modernos dos anos 1920, de usar duas linguagens diferentes, uma para a voz narrativa, outra para os personagens. O narrador usa um francês levemente crioulizado, tanto no nível fonético como no semântico, elemento que também prosseguirá na literatura subsequente; o crioulo torna-se mais visível nos cantos do ritual vodu.

Para entender o contexto de sua produção, é preciso fazer um rápido desvio pela história do Haiti, cuja libertação se deu em 1804, numa revolta dos negros que expulsaram os franceses e aboliram a escravidão no processo de independência. Seus primeiros líderes negros – François-Dominique Toussaint Louverture, Jean-Jacques Dessalines, Henri Christophe – foram suplantados pelos mulatos, liderados por Alexandre Pétion, numa guerra que derrubou o rei Christophe em 1820. Os mulatos, que detiveram o poder político e econômico durante um século, foram afastados durante a ocupação americana (1915-1934). Muitos deles, grandes produtores rurais, então alijados do comércio de importação-exportação, partiram para a Europa, aproveitando para usufruir os enormes ganhos advindos do *boom* do café.

Os jovens que criariam a *Revue Indigène* eram filhos desses negociantes; educados nos melhores colégios europeus, esses mulatos descobriram o valor e o encanto do primitivismo e da *art nègre*, tão cultivados pelos artistas de vanguarda que eles, naturalmente, jamais tinham observado em seu país. De volta ao Haiti com suas famílias nos anos 1920 devido à queda tanto no volume de vendas quanto nos preços do café, passaram a ver o país com uma nova perspectiva. Como outros artistas latino-americanos, tomaram consciência das riquezas da cultura popular de seu país pela mediação do olhar europeu das vanguardas, levando "o entusiasmo compartilhado lá [em Paris] pela *'art nègre'*, pelo negrismo, cujo espetáculo, cotidiano em toda parte em seu país, não os havia emocionado até então. A partir daí eles olhariam o seu entorno com outros olhos"[1]. O indigenismo constituiu uma guinada, por parte de escritores e artistas, incorporando a cultura popular, até então relegada à margem da sociedade; portanto, percebe-se

---

1 Roger Gaillard, "L'Indigénisme haïtien et ses avatars", *Conjonction. L'Indigénisme*, n. 197, jan.-fev.-mar. 1993, pp. 9-26, p. 13.

uma homologia entre indigenismo, nacionalismo e haitianidade, implícita na definição dada por Roger Gaillard: "Chama-se no Haiti 'indigenismo' a vontade dos artistas de se inspirar (quanto aos temas e à forma de suas produções) nos costumes, nos valores (da música, religião e dança) que pertencem à vida, à cultura nacional".[2]

Embora o indigenismo tenha existido, segundo Gaillard, ao longo do século XIX, desde a independência do país, ele eclode como movimento literário com um programa definido com o lançamento da *Revue Indigène* (1927), que teve seis números. A palavra *indigène* designa o elemento autóctone, mas cabe ressaltar que não evocava o "indígena" ou o "índio" natural da América, sendo empregado nos textos haitianos da época como sinônimo de nacional, podendo ser associado a nativismo, particularmente reativado por causa da ocupação estadunidense, episódio traumático na história da nação.

A *Revue Indigène* foi organizada por jovens mulatos, dentre os quais se destacaram Jacques Roumain, Carl Brouard, Philippe Thoby-Marcelin, Émile Roumer. Jacques Roumain, que deu o nome à revista, se tornaria, nos anos seguintes, o escritor mais importante do grupo, com vasta produção, só interrompida por sua morte prematura, aos 38 anos. Entretanto, as balizas teóricas do movimento já estavam sendo propagadas por Jean Price-Mars desde o início dos anos 1920, através da publicação de artigos e da apresentação de conferências. Do ponto de vista artístico e literário, o indigenismo dos anos 1920 é um movimento em consonância com as vanguardas francesas, assim como o modernismo brasileiro em suas variantes paulista e nordestina; os ideais estéticos corresponderam a um desejo de

---

2 Ibidem, p. 9.

ruptura com as tradições artísticas e a uma valorização do elemento popular.

Roumain, ao voltar ao Haiti, dedicou-se aos estudos etnográficos, a fim de melhor conhecer seu país e os problemas do homem negro, tendo fundado um Centro de Etnologia em 1941. Ao fazer o requisitório contra o Ocidente, que escravizou o homem negro, Roumain adota uma posição de identificação com todos os povos negros, similar à negritude de Aimé Césaire. Entretanto, tanto Roumain como Césaire e Frantz Fanon, seus contemporâneos, evitam uma solidariedade baseada na exclusão do outro; ao contrário, enquanto marxistas, sua visão é de um socialismo internacionalista que inclui todos os oprimidos. Roumain percebe que os antagonismos de raça (entre mulatos e negros) constituem a expressão ideológica de uma luta de classes que se procura escamotear.

A herança africana rasurada só pôde emergir devido a todo um ambiente propício que fez com que eclodissem diversos movimentos concomitantemente. O primeiro deles foi o *Harlem Renaissance*, que reuniu poetas, artistas e músicos nos anos 1920 no Harlem, bairro negro de Nova York. Alguns deles, como Langston Hughes e Claude McKay, viveram na Europa e exerceram influência nos jovens africanos e antilhanos que estudavam em Paris. Como resultado dessa efervescência cultural, nota-se o florescimento de várias revistas dedicadas à causa negra em Paris no período, dentre as quais se destaca *La Revue du Monde Noir* (*The Review of the Black World*).

Os jovens estudantes Aimé Césaire (da Martinica), Léon Gontran Damas (da Guiana Francesa) e Léopold Sédar Senghor (do Senegal), que fundaram a pequena revista *L'Étudiant Noir* (1935) em Paris, seriam responsáveis pela criação do movimento da negritude, com obras de grande envergadura, como *Pigments* [Pigmentos, 1937], de Damas; *Cahier d'un retour au pays natal* (*Diário de um retorno ao país natal*) (1939), de Césaire; e a famosa *Anthologie de la nouvelle poésie nègre et malgache* [Antologia da nova poesia negra e malgache, 1948], que, organizada por Senghor, incluía o prefácio de Jean-Paul Sartre ("Orphée noir") e foi um livro que deu grande visibilidade aos poetas negros. Também foi marcante a influência do médico psiquiatra da Martinica Frantz Fanon, cuja obra – que inclui *Pele negra máscaras brancas* e *Os condenados da Terra* – tem sido revisitada nos últimos anos por autores como Edward Said e Homi Bhabha.

No Haiti aparece, em 1938, na esteira do indigenismo, outro movimento, conhecido como negrismo, em torno da revista *Les Griots*, criada por três negros, dentre os quais se destaca o médico François Duvalier. O que surge como movimento de vanguarda, com a força reivindicatória da herança africana, tão realçada pelo título da revista, em que se coloca em destaque os *griots* (griôs), acabaria desembocando na ascensão de Duvalier, o Papa Doc, ao poder (1957-1971), sucedido após a sua morte por seu filho Jean-Claude Duvalier, o Baby Doc (1971--1986), uma ditadura sangrenta que provocou a diáspora de escritores haitianos. Se foi feita menção à cor dos participantes – os mulatos do indigenismo, criadores da *Revue Indigène,* e os negros do negrismo, em torno da revista *Les Griots* –, é porque a diferença era pertinente, designando diferentes classes sociais, que detinham ou reivindicavam o poder político. O conflito remontava ao período pós-independência, pois os mulatos tomaram o poder em 1820, após um curto período de domínio negro, e a partir de então houve um enfrentamento feroz entre eles, racializando o antagonismo. François Duvalier marcou, assim, a ascensão dos negros ao poder e a perseguição às elites mulatas.

O Caribe todo participa dessa ebulição cultural em que proliferam movimentos negristas. Podem-se citar Nicolás Guillén, de Cuba, que publica *Sóngoro cosongo* (1931), Palés Matos, de Porto Rico, que escreveu *Tuntún de pasa y grifería* (1937). A situação da República Dominicana é ambígua, já que tradicionalmente se opõe ao Haiti, país com o qual divide a mesma ilha. Entretanto, mesmo ali, surgem nos anos 1930 alguns poetas, como Manuel del Cabral, que expressam solidariedade aos negros, sobretudo haitianos.

Como nenhum outro país do Caribe teve uma história tão espetacular quanto o Haiti – e alguns ainda eram colônias ou mantinham uma relação de dependência com os Estados Unidos –, ele desempenhou um papel de ícone da revolução. A epopeia da luta pela independência foi tematizada por diversos escritores. C.L.R. James traça a história da revolução em *Os jacobinos negros* (1938), enquanto Aimé Césaire se refere ao Haiti no *Cahier d'un retour au pays natal* (*Diário de um retorno ao país natal*) como o país em que a negritude se levantou pela primeira vez. A viagem de Césaire ao Haiti em 1944, que o marcou profundamente, transparece em obras publicadas nos anos 1960: a peça *A tragédia do rei Christophe* (1963) e o ensaio histórico *Toussaint Louverture* (1962). Édouard Glissant também retomou a história do herói da independência na peça *Monsieur Toussaint* (1961). O cubano Alejo Carpentier recriou a grande epopeia negra no romance *O reino deste mundo* (1949), em cujo prefácio forjou o conceito de realismo maravilhoso, inspirado justamente pelas forças mágicas do vodu, que conheceu em sua viagem ao Haiti em 1943.

O indigenismo de Jacques Roumain e de outros intelectuais como Jean Price-Mars (1876-1969) teve uma importante função de desalienação, de eliminação do que Price-Mars chamou de bovarismo haitiano. Havia então uma real dificuldade de se criar um imaginário quando tudo o que fazia parte do cotidiano, das expressões emocionais, das experiências vividas, era recalcado. Voltando ao Haiti em 1916, depois de ter passado alguns anos na França, Price-Mars começou a desenvolver suas pesquisas etnográficas, com objetivos pedagógicos. Publicou em 1928 *Ainsi parla l'Oncle* [Assim falou o Tio], no qual pretendia estudar o folclore a fim de promover uma reapropriação da cultura popular haitiana, tão desprezada pelas elites. Inspirando-se no título de Nietzsche, ele substituiu o super-homem Zaratustra por um personagem folclórico do Haiti, o Oncle Bouqui, o velho negro contador de histórias. Nesse livro, que se tornou um clássico, ele estuda o vodu, os cantos e contos, as lendas e adivinhas e suas origens na África. Os dois elementos culturais mais fortemente rejeitados pelas classes letradas eram o vodu, considerado uma superstição a ser eliminada, e a língua crioula, considerada um *patois*, um dialeto que os falantes praticam, mas do qual se envergonham.

O objetivo dos indigenistas era, sobretudo, conceder ao vodu o caráter de religião, tornando-o digno de ser aceito como qualquer outra, e reconhecer o crioulo como língua nacional do Haiti. Essa missão, se não foi realizada em sua plenitude, acabou por mudar, ao menos parcialmente, o discurso sobre essas duas criações sincréticas haitianas. Ao mapear e revalorizar os elementos populares haitianos, relegados por séculos de alienação sob o domínio/fascínio francês, Price-Mars tenta romper com o bovarismo das elites. O termo adquire aqui um sentido antropológico, apontando para a demissão das elites, proveniente de sua anomia sociocultural. Segundo ele, os haitianos se viam como franceses de cor e rejeitavam tudo o que era autenticamente haitiano, considerado como inferior e suspeito. Assim, o pior insulto que se podia fazer a um haitiano era o de atribuir-lhe a cor negra e a ascendência africana.

O livro de Price-Mars se situa no contexto em que surgiram outros livros similares: Fernando Ortiz, em Cuba, e Nina Rodrigues e Artur Ramos, no Brasil, também começavam a estudar as culturas negras. Apenas nas décadas seguintes surgiriam as obras clássicas sobre a formação do povo brasileiro: *Casa-grande & senzala* (1933), de Gilberto Freyre, *Retrato do Brasil* (1928), de Paulo Prado, e *Raízes do Brasil* (1936), de Sérgio Buarque de Holanda.

Pierre Buteau afirma que o Haiti, um século depois de sua independência, ainda não constituía uma nação devido ao hiato entre os discursos políticos e jurídicos sobre o país e a cultura vivida pela maioria da população. Considerando, com Alain Touraine e Ernest Gellner, que a nação só se constrói através da dupla articulação do político e do cultural, ou seja, a nação como ficção se constrói a partir de uma forte projeção do cultural no espaço político, Buteau diagnostica uma dicotomia decorrente da herança colonial. O Ocidente, ao impor uma visão negativizada da África para justificar a escravidão, teria inculcado nos negros um imaginário que não era condizente com suas práticas de vida. O indigenismo viria assim preencher esse fosso, corrigir a alienação de excluir "a cultura popular dos lugares formais do Estado e da totalidade das instituições da sociedade civil"[3].

O balanço do indigenismo pelos críticos atuais é rigoroso. Segundo alguns, não há propriamente conteúdo político no movimento indigenista, pois não se encontra na revista nenhuma crítica à ocupação americana, nenhuma denúncia contra a miséria e a exploração, nenhuma defesa dos oprimidos, "sua única reivindicação é o direito de intervenção da periferia na linguagem poética [já que ela]

---

3 Pierre Buteau, "Une Problématique de l'identité", *Conjonction. L'Indigénisme*, n. 198, abr.-maio-jun. 1993, pp. 11-35, p. 13.

pretende ser, antes de tudo, uma vanguarda literária"[4].
Assim, a crítica teria valorizado demais a parte de consciência social e subestimado o seu trabalho formal. Entretanto, para outros críticos, o negrismo de François Duvalier e seu governo ditatorial seriam um prolongamento do indigenismo. Aliás, diante da amplitude que o movimento da negritude tomou, o próprio termo indigenismo tendeu a desaparecer. De fato, a questão política é bastante espinhosa, pois ninguém queria ter seu nome associado ao de Duvalier, que tentou se apropriar do sucesso da negritude em causa própria. Aimé Césaire (1913-2008) reconhecia Price-Mars e Jacques Roumain como seus predecessores, mas tentou se dissociar do negrismo de François Duvalier ao longo de toda a sua vida.

Alejo Carpentier, no prefácio a *O reino deste mundo*, revela que sua teoria do realismo maravilhoso nasce de seu contato com o Haiti, em cuja história se inspira o próprio romance. "Tudo isso ficou particularmente evidente durante minha permanência no Haiti, quando vivi em contato diário com aquilo que poderíamos chamar de Realidade Maravilhosa."[5] A partir dessa descoberta no Haiti, ele estende a aplicação do conceito – de forma talvez um pouco abusiva – a toda a América. A fonte inspiradora do realismo maravilhoso é o vodu, que engendra um manancial de elementos mágicos que se integram ao cotidiano dos haitianos. Inspirada no Haiti, a teoria do realismo maravilhoso de Carpentier encontraria ecos entre os escritores haitianos daquela geração. Jacques Stephen Alexis apresentou o texto "Prolegômenos a um manifesto do realismo maravilhoso dos

---

4 C.C. Pierre, J. Satyre, L. Trouillot, "La Revue Indigène et la critique de l'indigénisme", *Conjonction. L'Indigénisme*, op. cit., pp. 55-63.
5 Alejo Carpentier, "Prefácio". In: *O reino deste mundo*. Rio de Janeiro: Civilização Brasileira, 1985.

haitianos" no I Congresso dos Escritores Negros. Nesse contexto de produção e apresentação, o realismo maravilhoso haitiano de Alexis tem um forte conteúdo "negro", em oposição ao racionalismo ocidental (branco). "Esta arte não recua diante do disforme, do chocante, do contraste violento, diante da antítese enquanto meio de emoção e de investigação estética."[6] É assim que o realismo maravilhoso, intimamente ligado ao mundo mágico do vodu e às suas práticas, vai aparecer nas suas obras.

Para René Depestre, o maravilhoso, entendido como tudo o que se afasta da ordem natural das coisas, está impregnado na vida dos haitianos. Haveria poucos povos que avançaram com tanta audácia nessa via, na medida em que o sentido do maravilhoso seria um dos componentes históricos da consciência e da sensibilidade do povo haitiano.[7] Esses autores conciliaram marxismo com vodu, criando o que Régis Antoine chama de "realismo ao mesmo tempo socialista e maravilhoso"[8]. Depestre afirmou numa entrevista que não via contradição entre marxismo e vodu, pois, apesar de ser materialista, acreditava que "toda a consciência do povo haitiano se manifesta através de uma mediação religiosa", assim sendo "não se pode se contentar em dizer que não é científico"[9].

Com exceção de Frankétienne e Yanick Lahens, a maioria dos escritores haitianos se encontra no exterior, devido às difíceis condições sociais, econômicas e políticas do país, de modo que a literatura haitiana é, sobretudo, a da

---

6 Jacques Stephen Alexis, "Du Réalisme merveilleux des Haïtiens", *Présence Africaine*, n. 8-9-10, jun.-nov. 1956, pp. 245-271.

7 René Depestre, *Bonjour et adieu à la négritude*. Paris: Robert Laffont, 1980.

8 Régis Antoine, *La Littérature franco-antillaise*. Haiti: Guadeloupe et Martinique; Paris: Karthala, 1992.

9 "Entretien avec René Depestre par Maximilien Laroche et Eurídice Figueiredo", *Dialogues et cultures*, Quebec, n. 25, 1983, pp. 112-129.

diáspora, do Canadá, da França e dos Estados Unidos. Há poucas traduções no Brasil, muitas delas já antigas, que só se encontram em sebos: de René Depestre, *O pau de sebo* (*Le Mât de cocagne*), *Aleluia para uma mulher-jardim* (*Alléluia pour une femme jardin*) e *Adriana em todos os meus sonhos* (*Hadriana dans tous mes rêves*); de Gérard Etienne, *A mulher calada* (*La Femme muette*); de Dany Laferrière, *Como fazer amor com um negro sem se cansar* (*Comment faire l'amour avec un nègre sans se fatiguer*) e *País sem chapéu* (*Pays sans châpeau*); de Edwige Danticat, *Adeus Haiti* (*Brother I'm Dying*); de Louis-Philippe Dalembert, *O lápis do bom Deus não tem borracha* (*Le Crayon du bon Dieu n'a pas de gomme*); de Yanick Lahens, *Falhas* (*Failles*), um testemunho pungente do terremoto que destruiu parte da região metropolitana da capital, Porto Príncipe, em 2010, matando cerca de 200 mil pessoas e deixando mais de 2 milhões de desabrigados. Antes desta publicação, *Senhores do orvalho* só teve uma edição no Brasil, lançada em 1954, com o título de *Donos do orvalho*, em uma coleção dirigida por Jorge Amado: Romances do Povo.

EURÍDICE FIGUEIREDO é professora do Programa de Pós-Gradua-
ção em Estudos de Literatura da Universidade Federal Fluminense
e pesquisadora do CNPq.

Primeira edição
© Editora Carambaia, 2020

Esta edição
© Editora Carambaia
Coleção Acervo, 2022

Título original
Gouverneurs de la rosée
[Haiti, 1944]

Revisão
Ricardo Jensen de Oliveira
Huendel Viana

Projeto gráfico
Bloco Gráfico

CIP-BRASIL. CATALOGAÇÃO NA
PUBLICAÇÃO/SINDICATO NACIONAL
DOS EDITORES DE LIVROS, RJ/
R767s/Roumain, Jacques, 1907-1944/
Senhores do orvalho/Jacques
Roumain; tradução Monica Stahel;
posfácio Eurídice Figueiredo. [2. ed.]
São Paulo: Carambaia, 2022.
208 p; 20 cm. [Acervo Carambaia, 18]
Tradução de: *Gouverneurs de la rosée*
ISBN 978-65-86398-64-9
1. Ficção haitiana. I. Stahel,
Monica. II. Figueiredo, Eurídice.
III. Título. IV. Série
22-75970/CDD 848.997294/
CDU 82-3(729.4)

Gabriela Faray Ferreira Lopes
Bibliotecária – CRB-7/6643

Editorial
Fabiano Curi (diretor editorial)
Graziella Beting (editora-chefe)
Livia Deorsola (editora)
Kaio Cassio (editor-assistente)
Karina Macedo (contratos e direitos autorais)

Arte
Laura Lotufo (editora de arte)
Lilia Góes (produtora gráfica)

Comunicação e imprensa
Clara Dias

Comercial
Fábio Igaki

Administrativo
Lilian Périgo

Expedição
Nelson Figueiredo

Atendimento a leitores e livrarias
Meire David

Fontes
Untitled Sans, Serif

Papel
Pólen Soft 80 g/m²

Impressão
Ipsis

Editora Carambaia
Av. São Luís, 86, cj. 182
01046-000 São Paulo SP
contato@carambaia.com.br
www.carambaia.com.br

ISBN
978-65-86398-64-9